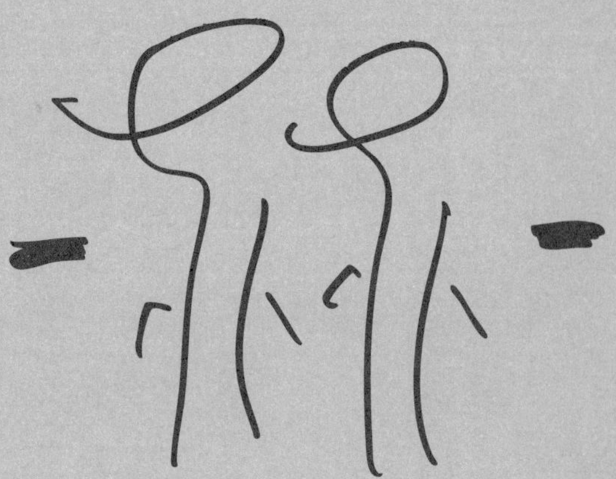

파이로매니악

파이로매니악

이우혁

1

VANTA

처음 『파이로매니악』을 집필하고 출간한 일이 엊그제 같은데 어느덧 수십 년이 흘러 버렸습니다. 작품을 완결하지 못했던 데는 많은 요인이 있었습니다. 우선 신문 연재를 했을 당시에는 이 작품을 반기지 않는 분위기가 팽배했던 터라 작품이 얼마 진행되지 못하고 내려갔습니다. 『파이로매니악』은 제 다른 작품군과는 달리 직접적으로 사회적 모순을 논하고, 그에 대한 사적 응징까지 가하고 있습니다. 어찌 보면 꺼려지는 것이 당연한 일이었을 겁니다. 더구나 세계 각지에서 각종 테러가 발발했고, 그로 인해 전쟁까지 벌어졌습니다. 그런 흉흉한 분위기 속에서 화약류 테러를 소재로 삼은 작품을 내기에는 무리가 있었습니다. 물론 작중 화약류에 대한 지식을 일부러 사실과는 다르게 설정했지만 그럼에도 독자분들께 자칫 오해받을 수 있겠다는 두려움이 저에게도 있었습니다. 이 자리를 빌려 말씀드리지만 저는 절대 테러리즘을 옹호하지 않습니다.

　시간이 조금 더 흐른 후에도 작품을 완결하기란 쉬운 일이 아니었습니다. 초판본에서는 직접적으로 그 당시 대한민국의 사회현상들을 다루었는데, 세월이 지나가니 그런 현상들은 더 이상 독자의 흥미를 끌 수 없거나 모순적인 것이 돼 버린 경우가 많았습니다. 제가 과거 사회현상을 거시적으로 크게 다뤄 어느 시대, 어느 지역에서든 일어날 수 있는 모순과 대립으로 그려 낼 수 있었다면 모르겠습니다만 당시 저는 글을 쓴 지 그리 오래되지 않았기에 작품의 깊이를 확장할 만한 역량이 부족했습니다. 더구나 저는 방위산업체에서 직접 근무한 경험으로 알게 되었던, 그 시절 일반인에게는 생소했던 지식이나 개념들을 작품의 중요한 축으로 삼았었는데—이 작품의 장르를 '테크노 스릴러'라고 이름 붙였을 정도로—불과 몇 년 사이 기술의 발전이 엄청나게 이뤄졌습니다. 작품 속에서 다뤘던 기술들은 이제는 골동품화돼 버렸고, 인터넷 등의 발달로 인해 화약학 지식도 흔해져 그 자체만으로는 큰 매력을 느끼기 힘든 소재가 돼 버렸습니다.

　출간되지는 않았습니다만 가령 초판본의 결말부에는 동훈이 FEM(유한요소법, 물리학이나 공학 등에서 사용되는 수치해석 기법)을 기적적으로 성공해서 '셀프 포징(Self forging)'이라는 기술로 최후의 일격을 가하는 클라이맥스가 준비돼 있었습니다. 제가 초판본을 쓰던 1990년대에 그 기술은 상상이나 실험만 가능했던 가상의 기술이었습니다. 그러나 불과 몇 년이 지나지 않아 컴퓨터의 비약적인 발전으로 화약학을 비롯한 거의 모든 물리현상을 계산해 낼 수 있게 됐습니다. 그 결과 당시 제가 대미를 장식하려 했던 셀프 포징 기술은 거의 완전히 해석됐습니다. 이라크전이나 중동전 뉴스를 보신 분들은 IED, 즉 급조폭발물이라는 단어를 종종 접해 보셨을 겁니다. 이런 급조폭발물조차 그 원리를 이용한 것으로, 그것은 이제 상상의 기술은커녕 기술적으로 낙후된 중동권의 비전문가도 구현할 수 있는 흔한 기술이 돼 버린 것입니다. 이런 상황에서 초판본의 설정을 그대로 둔 채 완결을 내어 출판한다면 웃음거리가 될 뿐이라고 생각했습니다. 게다가 그 이후 소설가로서의 길만 걸어온 저는 더 이상 화약학이나 무기에 대한 직접적이고 체계적인 정보를 얻을 수 없게 됐습니다.

변한 것은 너무도 많았습니다. 원래 초판본의 마지막은 포위된 동훈과 영이 자신을 겨누는 김 중위가 쥔 K2 소총의 장전 손잡이 위 노리쇠 뭉치를 건드려 풀어서 위기를 벗어나는 것으로 계획되어 있었습니다. 당시 저는 K2 소총의 허술한 구조를 고발할 목적도 겸해 그런 장면을 계획해 뒀는데 몇 년 후 소총의 구조가 개선되어 이것도 과거의 일이 돼 버렸습니다. 당시에는 이랬다는 식의 유쾌하지 못한 설명을 덧붙이지 않을 것이라면 그 장면의 플롯을 다시 짜야만 했습니다. 시간이 지날수록 이런 장면이 엄청나게 많아졌습니다. 아예 다시 쓰는 방법이 아니고서는 손을 댈 수 없을 지경이 됐습니다. CCTV의 대규모 보급은 영과 동훈의 모든 동선을 우스꽝스러운 것으로 만들어 버렸습니다. 더구나 현재는 블랙박스와 스마트폰도 대중적으로 사용되고 있죠.

인물의 설정도 변화가 불가피했습니다. 등장인물 중 하나인 희수는 원래 서커스단에서 곡예를 배웠다가 탈출한, 약간 모자란 사람으로 설정돼 있었습니다. 하지만 이제는 서커스단 자체가 그리 흔하지 않고 또 있더라도 과거 같은 분위기가 아닙니다. 이런 상황에서 그 분야를 비난하고 고발하는 양상을 띤 설정을 유지할 수는 없었습니다.

물론 시간 배경을 그대로 유지하며 이어 쓴다면 이해는 받을 수 있겠지만, 공감은 얻을 수 없으리라고 생각했습니다. 작품 자체가 그 시대를 보존해 기억하는 것을 주제로 삼았다면 모를까, 혹은 아예 다른 세계나 시간 차이가 많이 나는 조선 시대쯤이 배경이었다면 또 모를까, 그리 멀지 않은 과거 시점이라 현시대와 유사한 점도 많으면서 뒤처져 있는 장면들을 그리는 것은 내키지 않았습니다.

부득이하게 멈춰 있는 동안, 세상이 너무도 빠르게 변해 버렸습니다. 많은 비난에도 그동안 이 작품을 완결 짓지 못하고 있었던 것은 바로 이런 이유 때문이었습니다.

그러다가 근래에 와서야 나이 덕분인지, 경험 덕분인지 몇 가지 길이 떠오르기 시작했습니다. '이러면 되겠다'라는 생각에 다다랐고 비로소 완결된 작품으로 이렇게 선보일 수 있게 되었습니다. 새로워진 『파이로매니악』에 관해서는 아래에 나열해 봅니다.

① 소재와 배경

새로워진 『파이로매니악』 또한 무대는 한국이고 주요 등장인물도 한국인입니다. 그러나 특정 시대나 사회를 모델로 했다기보다는, 어느 시대에나 일어날 수 있는 원초적인 사건들로 재조립한 가상의 사건들이 벌어지는 가상의 사회를 철저하

게 재구성하기로 했습니다. 초판본은 실제 벌어진 사건들을 도
티브로 썼지만 언제 일어날지 모르는 가상의 사건들을 폭넓거
다루는 것이 소설의 본질에 더 맞는다고 생각했습니다. 이번
『파이로매니악』 개정판은 절대로 실제 사건이나 인물을 직접
적인 소재로 사용하지 않았으며, 배경도 이름만 한국이고 흡사
할 뿐 사실은 현재의 한국조차 아닐 수도 있습니다. 지금보디
훨씬 안 좋은 방향으로 극단화된 멀티버스의 한국이라 보시면
되겠습니다. '피엠(PM)'의 세계도 어디까지나 일종의 가상 서
계라고 보시면 됩니다. 그리고 이번에는 작게나마 제 작품들으
세계관이 통합되는 부분도 있습니다. 물론 판타지적 세계관이
갑자기 튀어나오는 세계는 아닙니다만 연관이 없지도 않습니
다. 이건 끝까지 지켜봐 주시면 알게 되실 겁니다.

②기술 발전으로 인한 변화

화약 기술의 근본은 그대로겠지만 작품에 등장하는 기술
중 상당수는 근미래―대략 2030년대 정도―의 것입니다. 테
크노 스릴러라는 방향성만큼은 고수해야 했으니까요. 아예 판
타지적으로 쓰면 오히려 쉬웠겠지만 현실 요소 기반이라는 초
판본의 특징을 유지하는 것이 맞다고 생각했습니다. 작품에는

현시점 첨단 장비들의 근미래형이 자주 등장하는데, 가상의 기술임에도 어느 정도는 현존 기술과 비슷하게 다루고자 시도했습니다. 굳이 억지 설정을 가미하지 않아도 대한민국 방산 제품들이 과거와는 애당초 비교조차 할 수 없을 만큼 발전해 자연스레 상상해도 문제가 없고, 제 나름으로는 우리나라 무기의 미래 진화형을 상상해 볼 수 있어서 굉장히 좋았습니다.

이렇다 보니 초판본처럼 개개인의 느릿느릿한 잠입 따위는 어림도 없고, 굉장히 속도감을 지닌 작품으로 변하더군요. 일단 등장인물들이 사용하는 장비뿐만 아니라 대적하게 될 장비들의 성능도 과거와는 비교조차 할 수 없을 만큼 발전했습니다. 천천히 긴장감을 자아내는 부분도 있겠지만 전반적으로 굉장히 스피디할 것입니다. 또한 대화가 다소 엄숙하고 설교 조였던 초판본과 달리 적절한 유머와 인간다운 냄새를 많이 가미해서 자연스러운 지금 이 시대의 분위기를 살려 보려 노력했습니다.

초판본을 읽은 분들이라면 등장하는 기술의 차이를 통해 세상이 얼마나 빠르게 많이 변했는지 새삼 실감할 수 있을 것입니다. 니트로글리세린을 한 방울씩 초화(硝化)시켜 뭉쳐서 구리 고깔을 덧붙이고 철공소 쇠구슬로 크레모아(KM-18A1, 대인지뢰 중 하나) 비슷한 것이나 만들었던 초판본에 비해 이번 개정판에서는 드론과 무인 로봇, 레이저 무기, 투명 망토, 인공지능(AI) 등 현존하는 각종 국군 장비가 미래 진화형으로 등장합니다. 이번 개정판에 등장하는 무기들은 어느 정도 상상의 소산이지만 모두 나름의 근거가 있는 것들임을 알고 읽으신다면 조금 더 실감 나게 즐기실 수 있을 것 같습니다.

다만 아무래도 제 상상이다 보니 실제와는 다를 수 있으며 일부러 이상하게 꼬거나 과장하는 부분도 있을 겁니다. 그 점에 대해서는 양해를 바랍니다. 초판본에서도 실제 화약 기술의 중요한 부분은 가급적 사실과 다르게 썼듯이, 이 작품도 그렇습니다. 현실에서 실제로 적용해 누군가를 다치게 할 수 있는 내용은 창작 소설이더라도 절대 쓰지 못하겠더군요.

③ 캐릭터의 변화

너무도 오래 기다려 주신 초판본의 독자분들을 위해 주인공급 세 명, 즉 동훈, 영, 희수의 이름은 그대로입니다. 초판본을 회상할 수 있는 기믹도 가능한 한 많이 배치했습니다. 단 캐릭터의 설정은 어쩔 수 없이 근본적으로 상당히 바뀌었습니다. 예를 들어 과거의 윤영대 검사는 고일문 검사로 변경되고 성격도 조금 변했습니다.

이제 동훈은 자기 손으로 직접 화약부터 합성해서 만든 조악한 물건을 들고나오지 않습니다. 아무리 작은 것도 혼자 만들 수는 없을 정도로 기술이 세분, 발전됐기 때문입니다. 동훈은 직접 제작하는 자가 아니라 이미 만들어진 무기나 장비의 사용법을 알고 응용하는 역할이 됐습니다. 때로는 특이한 발상도 하지만, 기본적으로는 수제로 물건을 만들기보다 이미 만들어진 고도의 기술품을 활용하게 됐습니다.

가장 크게 변한 것이 희수 캐릭터입니다. 앞서 언급했듯 사회의 변화에 따른 것이기도 하지만, 현대에 와서 한 사람—동훈—이 모든 것을 다룬다는 사실이 이제는 성립조차 되지 않기 때문이기도 합니다. 희수는 통상 세계 9위에서 12위 정도로 꼽히는 천재 해커로, 연구원인 동훈에게는 없는 능력을 많이 지니고 있습니다. 좀 과하게 보일 수 있는 능력자이기는 하지만 생각해 보니 그러지 않고서는 작품 내 세계관 속에서 피엠이 단 하루도 생존할 길이 없더군요.

영도 그저 덩치 큰 신문기자인 것을 넘어서 특전사 출신이라는 육체적 스펙을 갖추게 됐습니다. 이 또한 조금 설정이 과해진 감은 있지만 역시나 어느 정도의 생존 능력과 전투 경험

없이는 피엠이 살아남을 길이 없어서 추가하게 됐습니다.

　엄청난 기술 발전이 이루어진 지금, 평범한 사람 몇 명이 시스템을 뚫고 지속적으로 뭔가를 시도한다는 것은 거의 불가능하다고 생각했습니다. 그래서 캐릭터들에게 능력을 부여한 것인데 그러다 보니 이들이 대항하는 적도 그냥 죄인이 아니라 국가 전체를 흔드는 거대 커넥션 집단이 돼 버렸습니다. 피엠은 이제 경찰이나 검찰뿐만 아니라 거의 국가와 싸우게 된 셈입니다.

　서두가 다소 길었습니다. 그간의 많은 고뇌를 포함해 이 작품을 완결 짓는 것이 어려웠던 이유를 상세히 전해 드리고자 했습니다. 그리고 작품의 분위기가 일신돼 혼선을 느끼시지 않을까 하는 노파심도 작용했습니다.

　부디 새롭게 펼쳐질 『파이로매니악』의 세계를 즐겨 주시고 많은 성원 보내 주시기를 바라는 바입니다.
　오래 기다려 주신 독자분들께 다시 한번 감사드립니다.

2026년 4월, 이우혁

CONTENTS

착한 네가 참아 ○ 17
10월 2일, 늦은 밤

고일문 검사 ○ 38
10월 6일, 늦은 밤

쫓고 쫓기고 ○ 73

은밀한 조사 ○ 107
10월 13일부터 17일까지

길고 긴 밤 ○ 154
대현방산기술연구단지.
203*년 6월 27일, 새벽 1시 10분경

길고 긴 밤 ○ 190
토끼928

길고 긴 밤 ○ 225
영

길고 긴 밤 ○ 237
동훈과 이 선생

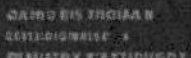

착한 네가 참아

10월 2일, 늦은 밤

늦은 밤이지만 서울의 도심은 언제나 환하다. 러시아워 때만큼은 아니지만 지나다니는 차량은 여전히 많고 지나다니는 사람도 많다. 여느 때와 별반 다를 것이 없는 풍경이다.

그러나 이곳저곳에서 평상시와는 약간 다른 광경이 보였다. 음주 단속도 아닌데 검문검색이 곳곳에서 이뤄지고 있었다. 더구나 경찰들만이 아니라 군인들까지 보였다. 군인들은 딱히 특별한 행동을 하지는 않았으나 그래도 여전히 사람들의 눈에 띄었다. 물론 이곳은 북한의 위협이 있는 분단국가이기에 군인들이 보이는 것이 그리 이상한 일은 아니다. 하지만 군인뿐만 아니라 도심에는 잘 들어오지 않는 장갑차 같은 군용 차량과 대형 장비들까지 서 있는 모습은 조금의 이질감을 들게 했다. 시민들의 시선을 의식하듯 어느 정도 가림막이나 천으로 은폐되어 있었으나 시민 중 남자 대부분은 군필자였고, 그중에는 대강 윤곽만 보아도 장비 종류를 맞힐 수 있는 전문가들도 포함돼 있었다. 시민들의 눈을 완전히 가릴 수는 없었던 것이다.

사실 서울은 테러 경보가 내려진 상황이었다. 파이로매니악(Pyro-Maniac), 속칭 피엠(PM)이라 불리는 모종의 집단이 이곳저곳에 테러를 가하고 있었다. 그러나 시민들 대다수는 별다른 반응을 보이지 않았다. 경찰이 테러 집단의 소행이라고 발표했지만 이것도 크게 신경 쓰지 않는 분위기였다. 생업에 바빠 자기 일이 아니라고 생각하는 사람이 대부분인 데다가 피엠의 범행은 다소 독특했기 때문이다.

파이로매니악, 불이나 폭발물을 마구잡이로 다룰 것 같은 이름과는 다르게 이들은 대규모 폭발을 일으키지도, 불특정 다수를 대상으로 삼지도 않았다. 이미 다섯 번이나 범행을 저질렀지만 희생자의 수는 많다고 할 수 없었다. 다섯 번 범행에 다섯 명. 결코 적은 수도 아니지만 일반 시민 전부를 공포에 빠뜨리기는 어려운 숫자였다. 다만 희생자들의 직업이 너무 제각각이라 범행 타깃이 특정되지 않고, 범행이 연달아 일어나고 있기에 정부가 테러 경보를 내린 것이다.

그러나 고작 이 정도 일에 너무 날 선 반응을 보여 생활을 불편하게 만드는 것 아니냐고 불평하는 사람의 수가 더 많았다. 군대까지 동원하는 건 너무 지나친 것 아니냐는 여론이었다.

한편, 다른 곳에서는 한 대의 차가 도로를 달리고 있었다. 아주 흔하게 볼 수 있는 냉동 탑차였다. 낡고 먼지를 잔뜩 뒤집어쓴 것 외에 특별한 건 하나도 없었다. 탑차의 화물칸 옆면에는 '냉동 직배송-호호냉동닭고기'라는, 아무리 좋게 봐주려 해도 발로 그린 것 같은 로고가 그려져 있었다.

그러나 이 차 화물칸의 냉동장치는 작동하고 있지 않았다. 닭고기가 실려 있는 것도 아니었다. 그 안에는 마구잡이로 쌓은 듯한 갖가지 전자 장비와 모니터가 그득했고, 두 명의 남녀가 있었다.

그중 여자는 실내임에도 선글라스를 낀 채 모니터를 응시하며 담배를 피우고 있었다. 긴 머리를 땋아 뒤로 늘어뜨렸고, 의자에 앉아 허리를 꼿꼿이 세운 채였다. 그녀는 왼손에 든 긴 은젓가락으로 담배를 잡고 조금씩 연기를 빨아들였다가 내뱉었다. 가끔 도넛처럼 구멍이 뚫린 연기를 뿜기도 했다. 그러면서도 오른손으로는 손가락이 보이지 않을 만큼 쉴 새 없이 자판을 두드리고 있었다. 여자의 앞에는 무려 네 개의 모니터가 복잡한 글자와 도면들을 비추고 있었다.

남자는 그 옆에 앉아 여자의 것보다 훨씬 작은 모니터를 보며 게임용 패드 비슷한 것을 만지작거리고 있었다. 그의 옆에는 커다랗고 튼튼한 상자형의 은색 가방 한 개가 놓여 있었다. 그는 마스크를 쓴 채 신경질적으로 패드를 두드리다가 여자가 뿜어 대는 담배 연기에 기침했다. 마스크를 썼음에도 담배 연기가 몹시 거슬리는 모양이었다.

"아우, 그만 좀 피워. 좁아터진 차 안에서!"

여자는 차갑고 무심하게 대답했다.

"말 시키지 마."

"담배 좀 끄라고! 숨 막힌다고!"

그러자 여자는 간단히 말했다.

"그럼 숨 쉬지 마."

"뭐? 죽으란 거냐?"

남자가 화를 냈지만 여자는 여전히 무심했다.

"그러든 말든."

“허……..”

남자가 기막혀하며 뭐라 더 말하려는데 여자가 갑자기 언성을 높였다.

“아, 말 시키지 마. 잡았어!”

“이준원 거 맞아?”

“그럼 내가 틀리겠냐?”

“근데 여기 이준원 집 부근이 아닌데?”

“집 아니니 더 잘됐지.”

“알아서 했겠지만 어떻게 찾은 거냐? 통신사 해킹이라도 한 거냐?”

“그런 거창한 짓을 왜 해? 폰마다 위치 신호 나오잖아. 전파는 사방에 막 뿌려지고 있다고. 주파수만 맞추면 간단한데 굳이 대기업 보안 시스템이랑 싸울 것 없잖아.”

“그런 거냐?”

“야, 이준원 잠깐 멈췄다. 도착했나 봐. 됐고, 차 세우라고 해!”

남자는 불만스러운 눈빛이었지만 여자의 말대로 운전석 쪽을 몇 번 쿵쿵 두들겼다. 그러나 차는 속도를 좀 늦췄을 뿐 당장 서지는 않았다. 몇 번 굽이를 도는 듯하던 차가 마침내 멈추자, 마스크를 쓴 남자는 은색 가방을 열었다.

가방 안에는 온통 검은색으로 칠한 드론이 한 대 들어 있었다. 시중에서 판매하는 일반 드론에 뭔가를 덕지덕지 붙인 데다가 그 모든 것을 검은 절연테이프로 둘둘 말아 급조한 모양새라 외관상으로는 좀 흉해 보였다. 남자는 조심스레 패드와 드론을 다시 한번 확인하고는 더욱 조심스럽게 은색 가방 안쪽에서 작은 금속 케이스를 꺼냈다. 그 안에 들어 있던 은색 단추 비슷한 것을, 드론에 붙은 테이프 뭉치 앞부분을 벌리고 살살 끼워 넣었다. 그리고 주머니에서 글자가 쓰여 있는 작은 금속판을 꺼내 드론에 덜렁거리게 달았다.

그걸 본 여자가 말했다.

"메시지 또 남기게?"

"그래야지."

"그래서 뭐 하게? 맨날 남겨 봤자 경찰이 다 막고 언론에는 하나도 안 나오던데."

"그래도 남겨야 해. 언론엔 안 나와도 일종의 증거품이니 그냥 없애진 못할 거다."

그러면서 남자는 눈을 빛냈다.

"다 생각이 있어. 이게 나중에 큰 역할을 해 줄 거야."

"위에서 다 뭉개 버리면 끝이지, 무슨."

"아니. 나중에 봐. 내 말이 맞을 거야."

그때 화물칸의 문이 열렸다. 문을 연 것은 푸른색 오토바이 헬멧을 쓴, 체구가 큰 남자였다.

"준비됐냐?"

헬멧을 쓴 남자가 좀 걸걸한 목소리로 물었다. 헬멧 때문에 소리가 울려 작게 들렸다. 마스크를 쓴 남자는 담배 연기가 섞이지 않은 신선한 공기를 한차례 들이마시고 나서야 대답했다.

"됐단다."

헬멧은 조금 서글픈 목소리로 중얼거렸다.

"그럼…… 또 한 사람 보내는 거구나…….""

그러자 마스크가 격앙된 어조로 말했다.

"당연히 보내야지! 보내려고 온 거잖아! 이놈들이야말로 죄인이라고! 왜? 너 혹시 마음 흔들리는 거냐? 동정심이라도 생기셨어?"

"아냐. 아니라고."

"이 새끼야. 또 착한 척이라도 하려는 거야? 이젠 착하지 않기로 했잖아. 더는 못 참겠다고, 복수하겠다고 날뛰던 놈이 너잖아. 이제 와서 착한 척하고 다시 참으려고? 또 호구 병신이 돼서 당하기만 하려고?"

"그런 거 아니라고!"

마스크가 날 선 목소리로 쏘아 대자 헬멧은 당황한 듯했다. 그러다 분을 못 이긴 것인지, 아니면 다른 감정에 북받친 것인지 돌연 화물칸 문에 제 머리를 세게 들이받았다. 한 번으로 그치지 않고 계속 쿵쿵 소리가 나게 받았다. 마스크는 코웃음만 칠 뿐이었다.

"또 지랄하네. 대가리 깨고 싶으면 헬멧부터 벗든지."

그때 여자가 앙칼지게 소리쳤다.

"아주 다 때려 부수지 그러냐? 동네 사람 다 모일 때까지 들이받든지. 피엠 여기 있다고 아주 광고를 해라, 해."

그 말에 마스크도 좀 아니다 싶었는지 헬멧을 제지하려 했다. 그러나 헬멧은 마스크가 매달리는데도 꿈쩍도 하지 않고 계속 화물칸에 머리를 들이받았다. 덩치가 큰 데다 힘도 좋아서 마스크로서는 도저히 헬멧을 멈추게 할 수가 없었다.

마스크는 이내 욕을 내뱉으며 손을 뗐다.

"미친 새끼. 그래, 지랄해라, 지랄해. 뭐, 너만 미친 거 아니니까."

마스크는 곧장 드론을 가져와 띄웠다. 온통 새까만 드론은 보기보다 조용하고 날렵하게 하늘로 올라가 사라졌다.

마스크가 다시 화물칸 안으로 들어가자 여자는 그새 주변 CCTV를 해킹한 듯 화면에 건물 하나를 띄워 마스크에게 보여 주었다.

"여기다. 무슨 폐공장 같은데. 잘 찾아가."

"여기서부턴 나한테 맡겨."

마스크는 작은 모니터를 보며 패드로 드론을 조작하기 시작했다. 드론에 달린 카메라를 통해 전송되는 화면이 작은 모니터에 비쳤다.

잠시 후, 마스크가 어깨를 한번 움찔했다. 그리고 득의에 찬 목소리로 말했다.

"찾았다, 이준원!"

여자는 쳐다보지도 않고 말했다.

"날려 버려."

"아니, 아니. 여기서 날리면 안 돼. 밀폐된 공간, 실내에서 해야만 돼."

"항상 그렇지만 이해가 안 되네. 왜 쉬운 길 놔두고 어려운 길로 가?"

여자가 불만스러운 듯 묻자 마스크는 조용히 대답했다.

"다 이유가 있대도. 나중에 가 보면 이해될 거야."

이준원은 이들의 존재를 눈치채진 못했지만 그래도 뭔가에 쫓기는 듯 불안한 표정이었다. 그는 차에서 내리자마자 트렁크에서 커다란 봉지를 꺼내 안듯이 들었다. 봉지에는 인스턴트 식료품이 가득 담겨 있었다. 그는 연신 주변을 둘러보며 누가 없는지 살폈다. 이준원이 마주한 건물은 작은 폐공장 같았다. 창문도 없이 그저 튼튼하게만 지어진 3층짜리 건물이었다.

이준원은 주위에 아무도 없는 것을 다시 확인한 다음 강철로 만들어진 정문 쪽으로 걸어갔다. 그때 도로에서 차 소리가 들려왔다. 그는 우뚝 걸음을 멈췄다. 잔뜩 긴장한 듯 움츠리며 몸을 숨겼다. 이내 아무 일 없이 차가 지나가고 나서야 이준원은 다시 조심스레 정문으로 향했다. 정문에는 여러 개의 도어록과 큼직한 빗장, 고전적인 통자물쇠까지 걸려 있었다. 그는 봉지를 내려놓고 열쇠를 찾아 자물쇠부터 푼 후 도어록을 차례대로 해제했다.

마침내 문이 육중한 금속성 소리를 내며 열렸다. 그는 문을 벌려 놓고 다시 봉지를 안아 들었다. 그러는 사이, 이준원은 하늘에서부터 서서히 내려온 검은색 드론이 열린 문틈으로 들어가는 것을 보지 못했다.

그는 도피를 위해 창문조차 없는 튼튼한 건물 속에 숨을 작정이었다. 그러나 아무리 튼튼한 문이라고 해도 열려 있는 순간에는 무방비하다는 것을 그는 미처 생각하지 못했다.

이준원은 봉지를 안아 든 채 건물 안으로 들어갔다. 문을 닫고 여러 개의 도어록이 모두 잠긴 것을 확인했다. 그리고 돌아선 순간…….

그의 눈앞에는 검은색 드론 한 대가 떠 있었다. 드론에서 나온 빨간 불빛 한 줄기가 이준원의 이마 가운데에서 약간 왼쪽으로 치우친 지점을 비췄다. 드론 아래에는 작은 금속판이 매달려 덜렁거렸다.

"아…… 어, 어떻게…….”

그것이 이준원이 남긴 마지막 말이었다.

드론의 하단부에서 작은 폭발이 일어나며 금속판이 떨어져 나갔다. 폭발은 금속판만 떨어뜨린 것이 아니었다. 작은 금속 덩어리가 발사돼 이준원의 이마를 꿰뚫었다. 화약의 폭발로 급하게 용융(溶融)된 펠릿(pellet)이었다. 그것은 두개골을 뚫고 들어간 순간 사방으로 비산되면서 이준원의 뇌를 완전히 엉망으로 휘저어 버렸다.

즉사한 이준원의 몸이 피와 뇌수를 뿜어내며 그 자리에 풀썩 쓰러졌다. 드론에서 떨어져 나온 금속판도 비슷한 순간에 바닥으로 땡그랑 떨어졌다. 드론은 방향을 바꿔 가며 나갈 길을 찾았으나 이미 이준원이 문을 잠갔기에 나갈 수 없었다. 목적을 다한 드론은 서슴없이 그 자리에 내려앉더니 저절로 인화했다. 큰 불꽃이 일어난 것은 아니었지만 플라스틱 수지로 몸체가 만들어진 드론은 몇 개의 작은 부속과 엔진 격인 모터, 배터리 등을 빼고는 모조리 타들어 가기 시작했다.

그것은 마치 죽은 자를 위한 작은 불꽃처럼 은은하게, 한참 동안 타올랐다. 그 곁에 떨어져 있는 금속판에는 이런 글귀가 새겨져 있었다.

기밀 밀수꾼이자 자금 유통책 이준원. 너도 당연히 복수의 대상.
착한 네가 참으라고? 착한 우리도 더는 참지 않는다.
관련된 모두들 기다려라. 우리가 곧 간다.

— PM

그 순간 세 명의 피엠은 탑차 화물칸에서 작은 화면을 함께 주시하고 있었다. 드론 조종은 마스크의 몫이었다. 그들은 불타는 눈빛으로 화면을 바라보다가 이준원이 죽고 나서야 비로소 눈을 돌렸다.

"잘됐네. 더럽긴 하지만……."

여자는 중얼거리다가 구역질이 치미는지 급히 입을 틀어막으며 차 밖으로 나갔다.

"몇 번이나 봤으면서…… 익숙해지지도 않냐?"

어느새 진정하고 있던 헬멧이 중얼거렸다. 그렇게 말하는 헬멧의 표정도 그리 좋지는 않았다. 말없이 일을 마친 마스크는 길게 한숨을 내쉬고는 드론 조종기를 정리했다.

그때 바깥에서 여자가 소리쳤다.

"야! 누가 와!"

그 말에 헬멧이 즉시 화물칸 밖으로 뛰어내렸다. 그사이 여자가 황급히 차에 올라탔다. 곧이어 헬멧은 달려오는 차의 헤드라이트 불빛을 발견했다. 트럭 한 대가 길을 벗어난 채 속도도 줄이지 않고 무작정 이쪽을 향해 돌진하고 있었다.

"어어……?"

헬멧은 당황했다. 다음 순간, 총성과 함께 헬멧은 어깨에 화끈한 통증을 느꼈다. 총소리는 꽤 컸지만 소음기를 사용했는지 사방에 울려 퍼질 정도는 아니었다. 흔들리는 차에서 쏜 것이라 아주 정확하지는 않았지만 그래도 대단한 솜씨였다. 트럭은 계속 돌진해 왔다.

헬멧은 이를 악물고 피가 솟구치는 어깨조차 감싸지 못한 채 급히 운전석에 올랐다. 그리고 신속한 동작으로 운전대를 잡고 시동을 걸었다. 그 외중에도 총격은 계속됐고 운전석의 유리창은 구멍이 뚫리며 깨져 나갔다. 냉동 탑차보다 조금 큰 트럭은 그대로 탑차를 들이받을 기세였다. 거침이 없었다.

헬멧은 시동이 걸리자마자 아슬아슬하게 움직여 달려드는 트럭을 피했다. 탑차의 뒤쪽이 트럭의 앞부분을 스치며 덜컹거렸다. 화물칸에 있던 여자는 비명을 질렀고 마스크도 몹시 당황한 눈치였다.

"엎드려!"

마스크가 여자를 눌러 엎드리게 하고는 자신도 엎드렸다. 차를 들이받는 데 실패한 상대는 총을 연사하며 화물칸 여기저기에 구멍을 냈다. 헬멧이 급격하게 운전대를 돌리는 바람에 화물칸에 있는 두 사람의 몸이 벽으로 가차 없이 밀쳐졌다.

"뭐야, 이거?"

몹시 흔들리는 중에도 여자가 신경질적으로 외치자 마스크는 이를 악물며 말했다.

"젠장! 미스터 정, 그놈들이 눈치챈 거야!"

"뭐? 어떻게 알고?"

"함정을 판 거라고!"

그사이 탄창을 갈아 끼웠는지 잠시 뜸해졌던 사격이 다시 쏟아지기 시작했다. 운전대를 움켜잡은 헬멧이 추격을 피해 텅 빈 국도로 들어섰다. 지그재그로 차를 몰았지만 총을 완전히 피할 수는 없었다.

"어떻게 할 거야?!"

여자의 외침에 마스크는 드론을 꺼내려고 했다. 당장 저항할 수단이 그것밖에 없었다. 그러나 차가 너무 심하게 요동쳐서 드론을 조작할 수 없을 것 같았다. 무엇보다도 그들을 은폐시켜 주는 뒷문을 열 엄두가 나지 않았다. 문을 열어 신변이 노출되면 조준 사격도 당할 수 있었기 때문이다. 그야말로 속수무책이었다.

트럭은 냉동 탑차를 추격하며 사격을 퍼붓다가 탄창을 재장전하려는지 잠시 사격을 멈추었다. 이제 그들은 이준원을 죽인 폐공장에서 상당히 멀어져 있었다.

그때 헬멧이 돌연 브레이크를 밟았다. 사이드브레이크까지 힘줘 당긴 듯 차는 화물칸의 두 사람이 벽에 처박힐 정도로 급정거했다. 갑자기 멈춰 서자 추격해 오던 트럭은 그대로 탑차의 옆까지 왔다.

헬멧은 아직 완전히 멈추지 않은 차의 관성을 이용해 핸들을 있는 대로 꺾어 차를 옆으로 빙글 돌리고는 그대로 상대방의 차를 들이받아 버렸다. 냉동 탑차보다 크기가 큰 만큼 차고가 더 높은 트럭은 측면 충격에 약했다. 두 대의 차가 서로 반대 방향으로 기우뚱하며 전복되려 하다가, 결국 트럭이 옆으로 넘어져 길 아래쪽으로 굴렀다.

헬멧은 그 순간에도 냉정을 잃지 않고 핸들과 브레이크를 연속으로 조작했다. 마침내 탑차가 전복을 면하고 그 자리에 멈췄다.

헬멧은 차가 멈춰 서자마자 문을 거의 부수다시피 박차고 뛰어내려 추격자의 트럭 쪽으로 달려갔다. 어깨는 피로 물들었지만 그의 움직임은 빠르고 거침이 없었다. 차째로 전복된 충격에 추격자가 정신없는 순간을 노린 것이었다.

전복된 트럭 안에는 두 사람이 있었다. 트럭 운전자는 정신을 차린 것 같았다. 헬멧이 달려오는 것을 보고 놀란 그는 몸이 뒤집힌 채로 움직이려 애를 썼다.

그러나 트럭 가까이로 다가온 헬멧이 앞 유리창에 힘이 잔뜩 들어간 발차기를 날려 유리를 깨뜨린 건 물론이고 트럭 운

전자까지 같이 걷어차 버렸다. 그 소리에 조수석에 앉은 남자
도 정신을 차렸다. 몸이 완전히 뒤집힌 상태였지만 그는 들고
있던 소총으로 헬멧을 겨누는 데 성공했다.

헬멧이 천천히 손을 들어 올리며 말했다. 헬멧에 막힌 탁한
목소리였다.

"너희, 미스터 정이 보낸 거냐?"

"그게 누구야?"

조수석에 앉은 남자는 비록 총을 겨누는 데는 성공했지만
차가 전복돼 충격을 받은 데다 몸이 완전히 뒤집힌 상태라 정
신이 좀 얼떨떨한 것 같았다.

남자가 멍하니 대답하자 헬멧이 다시 물었다.

"그럼 옌벤이냐? 아니, 기태냐?"

남자는 대답하지 않고 총구만 높여 겨눴다.

그러나 헬멧은 대답을 들은 것이나 다름없다고 생각하면서
혼자 중얼거렸다.

"미스터 정은 모르는 것 같고, 기태구나? 똘마니네?"

"이 시발새끼가?"

남자는 욕을 뱉으며 방아쇠에 손가락을 갖다 댔다. 그러자
헬멧이 들었던 손을 내리며 말했다.

"쏠 수 있을까?"

"왜 못 쏴! 너희 죽이러 온 건데!"

그 순간 헬멧이 손가락으로 옆을 가리켜 보였다. 반사적으로 그쪽으로 시선을 돌린 남자는 얼어 버렸다. 언제 날린 것인지 드론 한 대가 그의 옆에 낮게 떠 있었기 때문이다. 그것을 보고 놀란 남자가 눈을 크게 뜨며 반응을 보이려는 순간, 드론은 그럴 틈을 주지 않았다. 드론이 내쏜 발사체는 이준원을 죽인 것과 같은 종류였다. 그것은 깨진 유리창과 남자의 팔, 어깨와 가슴 그리고 일격을 당해 기절해 있던 트럭 운전자까지 순식간에 꿰뚫어 버렸다.

드론은 당연히 마스크가 날린 것이었다. 차가 멈추자마자 헬멧 못지않게 기민하게 움직인 것이다. 헬멧은 죽은 남자가 가진 소총을 끌어당겨 상태를 확인했다. 그러나 그 소총도 드론 발사체에 의해 망가져 버린 상태였다.

"쳇!"

헬멧이 소총을 포기하고 손을 뗐을 때 마스크와 여자가 급히 달려왔다.

"괜찮아? 어깨에 피 나는데."

여자가 묻자 헬멧은 심드렁하게 대답했다.

"스친 것뿐이야. 그런데 놈들이 어떻게 알고……."

그러자 드론을 수거하던 마스크가 말했다.

"알아낸 게 아니라 기다린 것 같은데."

"뭘?"

"우리가 주변 놈들 여럿 해치우니까 이준원한테도 오겠구나 싶어서 매복한 거 같아. 우리를 처리하려고."

"우리가 언제 올지 어떻게 알고?"

"바보냐? 내내 기다리다 보면 언젠간 오지 않을까 했겠지."

그 말에 여자가 끄덕였다.

"그랬을 거 같아. 놈들도 나 해커인 거 아니까 주변 놈들 정보쯤은 금방 캐낼 거라 생각한 거겠지."

"아마 이준원을 희생양으로 쓴 걸 거야. 보아하니 숨어 있으려 한 것 같던데, 그것도 미스터 정이 언질을 줘서 그런 걸 수도 있어. 우리가 쉽게 노릴 만큼 한적한 곳이니 자기들도 매복하기 좋은 곳이었을 거야."

"그게 사실이면 같은 편인데도 미끼로 썼단 거야? 아니, 그럼 좀 일찍 나서서 구해 주지 않고?"

"우리가 행동한 뒤에야 확신할 수 있으니까. 원래 그런 놈들이잖아."

그때 트럭 안에서 작은 벨 소리가 들렸다. 여자가 반색했다. 그녀는 피가 묻는 것도 아랑곳 않고 급히 시체의 품을 뒤져 휴대폰을 찾아냈다.

"야! 건졌다!"

휴대폰을 살피던 여자가 의기양양하게 외쳤다.

"뭘?"

여자는 휴대폰을 돌려 화면을 보여 주었다. 거기에는 번호와 함께 '기태 형님'이라는 글자가 선명히 적혀 있었다. 그것을 본 헬멧이 말했다.

"미스터 정이 아닌 건 아쉽지만 그 번호로 기태는 추적할 수 있는 거지?"

여자는 자신만만하게 웃으며 고개를 끄덕였다.

"당장은 안 돼도 놈이 휴대폰만 켠다면 아지트에 있는 장비로 추적할 수 있어."

여자의 말에 마스크가 고개를 저으며 말했다.

"이런 조무래기 따위론 부족해. 미스터 정, 그놈은 부하 따위 언제든 꼬리 자를 수 있는 놈이니까."

"그래도 추적하면 어디에 있는지 알 수 있지 않을까?"

"그럴 수도 있지. 하지만 놈들도 무장하고 있으니까 직접 쳐

들어가는 건 너무 위험하다고! 무엇보다 미스터 정, 그놈 위에
누가 있는지를 알아야 진짜 복수가 되잖아.”

“그러면 뭘 어쩌자는 거야?”

헬멧이 화난 듯 말하자 마스크는 한숨을 쉬었다.

“우린 너무 제약이 많아. 한계가 있지. 그리고 놈들은 너무
위험해. 그러니…… 좀 더 생각해 보자고.”

고일문 검사

10월 6일, 늦은 밤

'세상에…….'

고일문 검사는 경악했다. 자료에 파묻혀 며칠 밤을 격무에 시달리다가 돌아온 집에서 샤워를 하고 나오는 순간, 아주 작은 소리만 내며 그의 눈높이에 떠 있는 드론과 딱 마주친 것이다. 이런 것을 남의 집 안까지 보내는 자들은 스스로를 파이로매니 악, 즉 피엠이라 부르는 테러 집단뿐이었다. 갖가지 수단, 특히 드론으로 여러 명을 살해하고 다니면서 대담하게도 이름과 설 명까지 남기는 미친 자들이 보낸 살인 드론이 틀림없었다.

그러나 그들도 나름대로 그럴 만한 이유가 있었다. 고일문은 피엠을 잡기 위한 특검을 지휘하는 담당 검사였기 때문이다.

피엠이 쓰는 방식은 몹시도 독특한 데다 기발했다. 고일문은 그들이 사용하는 드론에 대해서 약간 알고 있었다. 그들이 벌인 사건 현장에는 드론 파편조차 발견되지 않는 경우가 있었는데 그것은 그들이 사용한 드론을 통째로 폭파시키거나 파괴했기 때문이다.

그러나 간혹 발견된 파편을 통해 피엠이 흔한 민간용뿐만 아니라 아직 공개조차 되지 않은 군용 시제품을 쓰기도 한다는 것을 알 수 있었다. 굉장한 기술을 보유했고 엄청난 지하공작이 가능한 자들이라고 고일문은 생각했다. 고일문 자신은 특별 수사부 소속이었지만 이런 기술을 쓰는 자들을 검거하려면 첨단 범죄 수사부도 동원돼야 하지 않을까 생각하고 건의도 넣었다. 물론 통과되지 않았지만 말이다.

눈앞의 드론은 그렇게까지 특별해 보이지는 않았다. 검은색으로 칠하고 검은 테이프로 뭔가를 하단부에 칭칭 동여맨 다소 조잡한 물건이었다.

그럼에도 고일문은 이제 끝이라고 생각했다. 피엠은 드론에서 발사되는 것으로 추정되는 미확인 소형 탄두를 사용해 사람을 관통하는 것은 물론이고 드론에 폭발물을 설치해 자폭시

킴으로써 목표를 날려 버리기도 한다. 이번에는 어떤 것을 사용할지 알 수 없었지만 고일문은 놀라 멈칫하며 몸이 굳은 상태였다. 등 뒤의 좁은 욕실로 도로 피해 문을 닫는다고 해도 살아남을 수 있을 것 같지는 않았다.

드론은 고일문의 머리를 레이저 포인터로 조준했다. 이제 정말로 끝이구나 싶어 고일문은 눈을 질끈 감았다.

그때 고일문의 귀에 뭔가 달칵거리는 잡음이 들렸다. 이윽고 예상과는 달리 어떤 목소리가 말을 걸었다. 목소리는 고일문의 앞에 떠 있는 드론, 정확히는 그 드론에 장착된 스피커에서 흘러나오고 있었다.

[우린 피엠입니다. 고일문…… 검사님?]

목소리를 듣고 눈을 뜬 고일문은 잠시 망설였지만 마음을 가다듬고 입을 열어 대답했다.

"그렇소만."

피엠이 폭발물을 자유자재로 다루는 자들임을 잘 알았기에 고일문으로서는 다른 방법이 없었다. 다만 의외인 것은 그들이 상당히 온건한 말투로 존댓말을 쓰고 있다는 점이었다. 미친 녀석들이라 그런 것일 수도 있지만 당장 자신을 해치우려는 게 아니라 뭔가를 원하고 있는 것 같았다. 그것은 이 자리에서 죽지 않을 수도 있다는 신호였다. 고일문은 강한 소신을 지닌 사람이었지만 살 수 있다면 살고 싶었기에 약간 안도했다. 피엠 쪽에서 당장 죽이지 않고 대화를 하고 싶어 한다면 들어서 나쁠 것은 없다. 범죄자들의 편을 들어줄 생각은 절대 없지만, 죽지만 않는다면 여기서 그들의 정보를 하나라도 더 알아낼 수 있을지 모른다.

자못 태연한 목소리로 대답하긴 했지만 고일문의 전신에는 식은땀이 흘렀다. 그런데 스피커 너머로 들려오는 상대의 변조된 목소리는 생각보다 선이 가늘었고 뭔가 망설이는 것 같기도 했다. 고일문은 법정에서 사용하는 절제된 어투로 확인하듯 되물었다.

"그쪽은…… 피엠이오? 파이로매니악이라 자칭하는?"

[네? 아, 네. 그렇다고 볼 수 있죠.]

역시 상대의 반응은 처음 생각했던 것과는 전혀 달랐다. 변조된 목소리로 한 마디 한 마디 내뱉는 어조는 전혀 테러 범죄자답지 않았다. 물론 범죄자에 전형이 있는 것은 아니고 멀쩡하게 생겼음에도 의외의 짓을 하는 자들은 수도 없었지만 범죄 수사를 많이 해 본 고일문의 입장에서도 좀 의외라는 게 솔직한 첫인상이었다.

일단 대화의 기선을 잡기 위해 고일문은 말투를 조금 낮췄다.

"원하는 게 뭐요?"

[아, 좀 드릴 말씀이 있어서요. 조용히요.]

"당신, 지금 스스로가 무슨 짓을 하는지 알고나 있소?"

[잘 알고 있습니다.]

"당신들은 이미 여섯 차례나 사람들을 살해했고……."

[더 죽일 겁니다.]

어조에서 느껴지는 것과는 전혀 다른 가차 없는 답변에 고일문은 조금 놀랐다.

"대체 왜 이런 짓을 하는 거요?"

그러자 드론에서 흘러나오는 변조된 목소리는 이상한 말을 했다.

[이런 소리 들어 보셨죠? 착한 네가 참으라는.]

뜻밖의 대답에 고일문은 살짝 고개를 갸우뚱했다.

"그런 말은 왜 하는 거요?"

고일문이 되묻자 변조된 목소리가 다시 말했다.

[물어보셨잖아요. 바라는 게 뭐냐고. 왜 이런 짓을 하는 거냐고.]

"그런데?"

[그래서 대답하는 중이에요.]

고일문이 잠시 입을 다물고 대답하지 않자 변조된 목소리는 말을 이었다.

[물론 비슷한 다른 말이었을 수도 있죠. 아마 고일문 검사님의 경우에는 '똑똑한 네가 참아'나 '잘난 네가 참아'였을지도요? 아무튼 다 비슷하잖아요?]

고일문은 입술을 깨물었다.

원래 이래서는 안 된다. 지금 대화를 나누고 있는 자는 범죄자이고 자신은 검사다. 일반적으로 취조는 검사가, 답변은 범죄자가 하는 것이다.

그러나 지금은 특수한 상황이다. 그의 말에 따르지 않으면 위험할지도 모른다. 고일문은 조금 전 드론과 처음 맞닥뜨린 순간을 다시 떠올렸다.

'날 찾아올지도 모른다고 생각은 했지만…… 너무 빨라.'

처음 드론과 마주치자마자 고일문은 속으로 그리 중얼거렸다. 대체 어떻게 들어온 것인지 드론은 집 안에, 바로 그의 눈앞에 떠 있었다. 물론 그들의 드론을 한 번도 실제로 본 적은 없었지만 충분히 짐작할 수 있었다. 이번 타깃은 자신이라는 것을.

피엠의 담당 검사인 자신에게도 위협이 있을지 모른다고 생각은 했었지만 이렇게 대놓고, 이렇게 빨리 노릴 줄은 몰랐다. 일을 맡은 지 얼마 되지는 않았어도 대략의 조사 정도는 한 상태였다. 그래서 이전의 피해자가 비슷한 상황에서 살해당했다는 것도 알았다.

사채업자 이준원. 그가 바로 직전에 살해당한 사람이었다. 허술하게 하고 다니는 것과 달리 이준원은 굉장히 큰 자금을 굴리는 자였다. 그래서 당연히 적도 있었을 테지만 테러 집단이 이준원을 노렸다는 점은 약간 의아했다.

큰돈을 굴려서 그랬는지 이준원은 꽤나 안전에 신경 쓰며 살았다. 그가 살해된 곳은 그의 소유 건물인 폐공장이었다. 거주하지는 않았지만 창고나 사무실을 겸한 듯 건물 안에 금고가 있었다. 벽에 고정된 붙박이 형태의, 굉장히 무겁고 거대한 금고였다. 그 건물에는 복도에 면한 창이나 별도의 출입구도 없었다. 단단한 쇠문 하나만이 몇 겹의 단단한 잠금장치와 함께 버티고 있었다. 물론 방범 카메라도 있었다.

그럼에도 이준원은 그곳에서 밝혀지지 않은 무기로 살해당했다. 누가 출입한 흔적은 전혀 없었고, 유일한 입구인 문은 잠겨 있었다.

고일문의 팀은 결국 사람이 아닌 드론이 행한 범행으로 추정했다. 작은 드론이라면 감시 카메라를 피해서 숨어들 수 있으니까. 그래서 드론에 설치된 총 혹은 무기로 이준원을 살해한 것이라고 여겼다. 드론이 아니고서는 불가능한 일이었다. 작은 드론이라면 사람들 눈에 거의 들키지 않을 수 있었을 것이고 늦은 시각에 몸체가 어두운색인 드론이라면 더더욱 눈에 띄지 않았을 것이다. 더구나 이준원의 시체 앞에서 발견된, 불에 타고 남은 무언가는―더 감식해 봐야겠지만―드론의 파편으로 보였다.

그리고 고일문 검사는 자신의 생각이 틀리지 않았음을 직접 눈으로 확인할 수 있었다. 눈앞에 떠 있는 드론이 바로 그랬으니까. 드론은 네 개의 팬으로 구동되고 있었는데 놀랄 정도로 조용했다. 가까운 거리에 있는데도 팬 돌아가는 소리가 거의 들리지 않았다. 그리고 눈동자처럼 달린 작은 카메라가 각각 다른 방향으로 거미처럼 다섯 개나 박혀 있었다. 하부에는 조금 튀어나온 부분이 있었다.

'아마 저기서 뭔가 발사하겠군. 총도 아니고 아주 작은데, 그런 걸로 용케 사람 머리를 관통했군.'

피엠에게 당한 이들은 탄흔 비슷한 흔적이 남아 있었기에 수사 초기에는 그들이 총을 사용한다고 판단했다. 피해자들은 약간 왼쪽으로 치우친 미간에 관통상이 나 있는 데다가 두개골을 꿰뚫렸다. 또 미세한 화약 냄새와 반응도 있었다. 기이한 건 탄환이 없었다는 것이다. 두개골을 관통하고 난 뒤에 총알이 반대편으로 나온 흔적이 없었는데도 두개골 내부에서 총알은 발견되지 않았다. 희생자의 머릿속은 엉망으로 헤집어져 있었다. 두개골 내부가 상당한 열에 그을려 있는 것을 보아 절대 보통 탄환이 아니었다.

그러나 더 깊이 생각할 여유는 없었다. 드론의 형상까지도 파악했지만 그건 무심코 직업 정신이 발동된 것뿐, 이 정보를 쓸 방법은 없을 터였다. 자신도 곧 죽을 것이기 때문이다. 이준 원처럼, 머리가 완전히 관통된 채로.

사실 고일문은 유능한 검사였다. 고지식한 성격에 집요함이 겸비돼 한번 맡은 일은 철저하게 해냈다. 그러나 성격이 모난 편인 데다 너무 밀어붙이는 경향이 있어서 사람들의 평이 꼭 좋은 것만은 아니었다. 특히 그는 강직했고 아부 따위는 생각도 하지 못하는 인물이었다. 그렇기에 유능함에도 승진이 잘되지 않았다. 심지어 은근히 외압이 들어오는 일에도 수사에 박

차를 가해서 도리어 소외받는 처지였다. 검거나 뒷조사 등을 철저하게 해내는 데 반해 평가는 좋지 않았고 승진도 느렸다. 아니, 좌천되기도 했다. 원래대로라면 3차장검사나 하다못해 부장검사로서 1부에서 9부까지 있는 형사부라도 지휘해야 마땅했지만 그는 여전히 평검사였다. 그리고 이렇게 시끄럽고 추적이 어려우며 위험한 임무에는 여지없이 그가 배당됐다. 고일문은 수사를 가려 맡을 처지도 성격도 아니었기에 군말 없이 따랐다. 그러나 그 대가는…….

각오는 했다. 그렇더라도 고일문은 묻고 싶었다. 왜 이런 짓을 하냐고, 뭘 바라냐고.

그러나 변조된 목소리가 한 말은 의외였다.

[이런 소리 들어 보셨죠? 착한 네가 참으라는.]

고일문은 대답해 주고 싶지 않았다. 당연했다. 검사는 절대 범죄자 앞에서 흥분하면 안 된다. 그들을 괜히 적대시하는 것도 좋지 않고, 그렇다고 협조하거나 끌려다녀서도 안 된다. 범죄자에게 더 많은 것을 알아내기 위해서다.

그러나 이제 죽는 마당에 그런 것이 무슨 소용이 있겠는가? 고일문은 결국 퉁명스럽게 대답했다. 속으로는 떨렸지만 그래도 겁먹은 티는 내지 않을 수 있었다.

“죽일 거면 빨리 죽이시오.”

말투도 곱게 나오지 않았다. 사무적인 말투에 날것 그대로의 감정이 실렸다.

그런데 변조된 목소리의 반응은 예상 밖이었다.

[네? 무슨 소리예요? 누굴 죽여요?]

고일문은 어이가 없어서 다시 말했다.

“날 죽이려고 드론 띄웠잖아? 이준원 때처럼.”

그러자 목소리는 티 나게 당황한 말투로 말했다.

[……아, 그러고 보니 그때와 같은 기종이었나? 어, 아닌데? 오해입니다.]

고일문은 자기도 모르게 눈살을 찌푸렸다. 드론까지 잠입시켜 놓고 어수룩한 흉내라니, 도리어 모욕적으로 느껴졌다.

“날 놀리는 거요?”

[어, 아뇨. 오해라니까요.]

“뭐가 오해라는 거요?”

[전…… 아니, 우린…….]

변조된 목소리가 말을 더듬자 고일문이 말했다.

“당신들, 피엠이잖아. 파이로매니악. 방화광.”

[맞아요. 그런데 아니기도 해요. 보통 파이로매니악이라고

하면 방화광이라고 생각하는데 우린 좀 다르거든요.]

"다르다고?"

[우리는 불이 아니라 진짜 화약만 다루는 파이로매니악이에요.]

"뭐가 됐든 간에, 왜 나는 죽이지 않겠다는 거지?"

[왜 죽여요?]

"당신들은 이미 여럿을 죽이지 않았소?"

[그건 맞죠. 그런데 우리가 고 검사님을 왜 죽이냐고요.]

"당신들 담당이니까. 당신들을 쫓는 사람이니까."

[그렇죠. 하지만 그건 당연한 일이잖아요. 당연한 일을 하는 분을 왜 죽여요?]

"내가 당신들을 잡으려 하니까!"

변조된 목소리는 잠시 말을 끊었다. 그러더니 조금 슬픈 어투로 말을 이어 갔다.

[그게…… 그렇지 않아요. 죽일 수도 있었죠. 그러려고 했죠. 그런데…… 죽일 수 없어요.]

"왜?"

[몰랐으니까요.]

"뭘?"

[‘착한 네가 참아…….’ 이 말을 모르시잖아요.]

“대체 뭔 소린지 모르겠군…….”

[아, 그러니까 검사님은 아무것도 모른단 거예요. 그래서 죽일 수 없는 거죠.]

그 말투가 너무도 처량해서 고일문은 순간적으로 정말일까 고민했다. 그러나 그런 얕은 감정은 즉시 접어 두었다. 이들은 이미 여섯 명이나 죽인 흉악 범죄자들이다. 정신적으로 비틀린 자일지도 모른다. 절대 그대로 믿을 수 없다.

고일문은 냉정을 되찾으며 말했다.

“뭘 모른단 거요?”

[아무것도요. 당신은 아무것도 몰라요. 그리고 정신 차리지 않으면 계속 아무것도 모를 거예요.]

“착한 네가 참으란 말이 그렇게 중요한 거요?”

그러자 목소리는 피식 웃었다.

[그걸 모른다는 것 자체가 엄청나게 우스운 거죠.]

“무슨 소린지 모르겠군.”

변조된 목소리가 조금 목을 추스르더니 말했다.

[그거 말이죠……. 항상 남겨 왔어요.]

“남기다니?”

[현장에 메시지를 남겼다고요. 죽은 놈이 왜 죽어야 했는지와 함께. 착한 네가 참으라고 해도 이젠 안 참는다고 말이죠. 그런데…… 하하, 담당 검사도 모르네요? 그건 우리가 남긴 메시지를 본 적 없다는 거잖아요.]

고일문은 내심 몹시 놀랐다. 그런 증거물이 발견됐다는 말은 들은 적 없었기 때문이었다.

"그런 메시지를 남겼다고?"

[모르는군요? 그럼 피엠이 한 일이란 건 어떻게 아셨어요?]

고일문은 어이가 없었다.

"당신들이 매번 종이를 남겼잖소! 피엠, 파이로매니악이라고. 하지만 거기엔 기껏해야 화났다는 말밖에……."

[종이라고요?]

피엠은 현장에 꼭 메시지를 남겼다. 지금까지 범행을 저지른 여섯 번 모두 그랬다. 보통 작은 종이에 인쇄된 메시지였는데 거창한 말은 없었다. 뭔가를 요구하거나 바라지도 않았다. '이 자는 더는 못 봐주겠다. 못 참겠어서 죽인다'라거나 '이놈 때문에 화가 치밀었다. 잘 죽었다'라는 식으로 애매하기 그지없는, 정신병자의 외침에 가까운 문구를 적었을 뿐이다. 그리고 끝에 꼭 피엠이라는 서명을 남겼다. 때문에 고일문뿐만 아니라 그와 함께하는 심리학 전문가도 그들을 사이코패스로 여겼다. 나름 대로는 뭔가 주절거린 것이겠지만 다른 사람의 입장에서는 그들이 대체 무슨 메시지를 남긴 것인지 잘 알 수 없었다.

[……아. 그런 거군요.]

"뭐가 그렇단 거요?"

[검사님, 메시지 이야기는 관두고, 이렇게 생각해 보세요. 원래 연쇄적으로 살인이 나면 피해자들 간에 뭔가 공통점이 있다는 게 상식이잖아요. 우리가 죽인 자들 그 자체가 메시지입니다. 우리는 그들을 '죄인'이라고 부르죠.]

"죄인? 그건 바로 당신들 아니오?"

[저희도 죄인이죠. 그러나 그놈들도 죄인입니다. 살 가치가 없는, 아니 그보다는 우리로선 도저히 살려 둘 수 없는 놈들…….]

"무슨 소리요?"

[그들 모두가 연결돼 있다는 것, 아직도 모르시겠어요?]

"연결?"

고일문이 잠시 멈칫하자 변조된 목소리가 다시 말했다.

[그리고 자꾸 우릴 테러범이라 부르지 마세요. 우린 살인범, 살인마가 맞지만 테러범은 아닙니다. 우린 절대 불특정 다수를

노린 적이 없어요. 협박이나 공포 분위기를 조성할 생각도 없죠. 죽일 놈들만 죽였는데…… 암살범이라면 몰라도 테러는 무슨 테러예요?]

"죽일 놈들? 당신들이 남긴 메시지대로라면 그냥 화가 나서, 보기 싫어서 죽였다는 거잖소. 당신들 마음대로 사람을 죽이고 다니면서 그게 테러가 아니라고?"

[절대 아닙니다. 죄 없는 보통 사람들에게 우린 아무 관심 없어요.]

"당신들, 절대 오래가진 못할 거요. 곧 잡힐 테니 순순히 마음을 돌리는 건 어떻소?"

그러자 변조된 목소리는 코웃음을 쳤다.

[검사님은 아직 아무것도 모르세요.]

"나는 당신들 사건 담당 검사요."

[언론에서 말하는데 왜 모르겠어요? 그러니 이렇게 드론도 보낸 거죠.]

"날 죽인다고 당신들이 무사하진 못할 거요."

[아까도 말했지만, 당신이 한 패거리가 아닌 이상 절대 우리의 복수 대상이 아니에요. 설사 당신이 우릴 쫓더라도요. 오히려 기대가 큽니다. 고 검사님은 실력 있는 분이시니 제발 우

리를 쫓아서 잡아 주세요.]

"어이가 없군. 지금 장난하는 거요?"

[장난이라뇨. 우리가 그렇게 한가해 보이나요? 우리가 남긴 메시지 자체를 그들이 바꿔 버릴 줄은 몰랐다고요. 그러니 우리가 노리는 자들 자체가 메시지 아니겠어요?]

"당신들 말에 놀아나진 않을 거요. 당신은 지금도 거짓말을 하고 있고."

[무슨 거짓말이요?]

"남기지도 않은 메시지를 남겼다고 하고 있잖소? 당신들이 남긴 종이엔……."

변조된 목소리는 코웃음을 치듯 말했다.

[검사님, 우린 종이에 메시지를 남긴 적도 없고 내용도 많이 달라요.]

"그럼 누가 그랬다는 거요?"

[아, 어차피 예상했던 일이긴 해요. 증거는 언제든 바뀔 수 있거든요?]

"말도 안 되는 소리!"

[그럴 때를 생각해서 지속적으로 메시지를 남긴 거예요. 그게 '착한 네가 참아' 혹은 '착한 우리도 더는 안 참아' 같은 거죠.

없어질 걸 대비해서 써 놓은 건데 하나도 못 보셨을 줄이야.]

"대체 이해가 안 되는군."

[종이가 아니라고요! 아예 파손되지 말라고 금속판에 새겨서 남겼죠. 한두 번도 아니고 항상 남겼어요. 더구나…… 그것보다 길었어요. 이놈이 왜 죽어야 하는지, 진짜 정체는 뭔지도 썼죠.]

"금속판은 현장에서 발견되지 않았소!"

[아이고, 고 검사님. 상식적으로 생각해 보세요. 메시지라는 건 남아 있어야 하는 건데, 우리는 드론을 사용한 뒤에 없애 버린다고요. 종이 쪼가리 따위가 드론을 태우거나 폭파하고도 남겠어요?]

"그럼 그 종이는 뭐요?"

[뭐겠어요? 하하. 바꿔치기한 거겠죠. 피엠이란 것까지 숨길 수는 없으니 누군가 급히 위조했겠죠. 중요한 문구는 쏙 빼고 대강 지어내서요. 금속판을 만들기는 힘드니까요.]

"말도 안 돼!"

[그 말도 안 되는 일이 항상 일어나고 있답니다.]

고일문의 상식으로는 있을 수 없는 일이었다. 변조된 목소리가 거짓말을 한다고 생각도 했지만 그럴 이유가 없을 것 같았다. 그가 잠시 침묵하는 사이, 변조된 목소리는 다시 말했다.

[어찌 보면 다행이죠? 검사님이 알아들었다면 난 검사님을 처단했을 거예요. 왜냐하면 어떤 언론이든 이 가짜 증거 이야기만 하고 있거든요. 그런데 금속판의 메시지를 안다면…….]

"그게 왜 죽을 이유가 되는 거요?"

[죽은 놈이 왜 죽어야 하는지 이유를 써 놨다고 했잖아요.]

"그게 그토록 중요한 일이오?"

[당연하죠. 그러니 그걸 봤다면 검사님도 한 패거리란 소리예요.]

"누구와 한 패거리란 거요?"

[그건 아직 뭐라고 말하기가 그러네요.]

변조된 목소리는 잠시 말을 끊었다가 다시 말했다.

[사실 검사도 한 두어 명은 죽일 걸 각오했어요.]

"검사를 죽인다고?"

[네. 검사건 뭐건 한 패거리면 죽어 마땅하니까. 그런데 첫 방에 안 그런 분이 걸리다니…… 뭐, 잘된 일이네요. 피를 좀 덜 봐도 되니까요…….]

그러다 변조된 목소리는 문득 뭔가 알겠다는 듯 말했다.

[그렇군요! 수사하는 척은 해야 하는데 직접 나서면 위험해

지니 희생양을 보낸 거군요?]

"당신, 지금 대체 무슨 소리를……."

[무슨 소리라뇨? 옳은 소리죠. 그렇게 희생양이 될 걸 각오하고 나설 정도라면 믿음직한데요?]

"대체 무슨 소리를 하는지 모르겠군!"

고일문은 인상을 쓰다가 다시 말했다.

"당신이 아무리 그래도 잡고야 말 거요."

[어? 그러셔야죠.]

"놀리는 거요?"

[천만에요. 검사님의 직업의식은 존중합니다. 그리고 우리는 분명 범죄자, 살인마들이죠. 본분을 다하시기를 바랍니다. 진정으로요.]

"비꼬는 것처럼 들리는데?"

[절대 아닙니다. 오히려 검사님이 우리를 추적해 잡아 주기를 진심으로 바라고 있어요.]

"그럼 그냥 자수하는 게 어떻소?"

[절대 안 됩니다. 그건 그냥 개죽음이에요.]

"결국 똑같은 소리군."

[똑같지 않아요.]

"게임이라도 하자는 거요?"

[그런 황당한 짓은 안 해요. 그냥 우리가 자수하면 우린 아마 말 한마디 못 하고 처단되겠죠. 하지만 검사님이 우릴 잡으려면 파고들어야만 할 거고 당연히 점점 많은 것을 알아가겠죠? 우리가 바라는 건 그거예요. 물론…….]

변조된 목소리는 잠시 멈췄다가 말을 이었다.

[……우린 그동안 계속 복수할 겁니다.]

"복수?"

[당연히 복수죠. 착한, 아니, 지금은 살인마가 됐으니 착한 건 아니겠죠. 어쨌든 우리는 참지 않습니다. 되는 데까지 복수할 겁니다.]

"복수라니. 사적 복수는 좋은 일이 아니오. 그러지 말고 법의 판단에 맡기는 편이……."

그러자 변조된 목소리는 갑자기 한참이나 깔깔대고 웃다가 웃음을 참아 가며 간신히 말했다.

[와, 그 말 진심이세요? 우리나라 법이 정말 제대로 판단해 줍니까? 길 가는 사람 열에 아홉은 절대 아니라고 할 텐데요? 솜방망이 처벌에 가해자만 인권 챙기고 판사님은 아주 너그럽게 온갖 감형을 해 주시잖아요. 이 또한 역시나 착한 네가 참으

라는 거 아닌가요?]

변조된 목소리는 약간 흥분한 듯 계속 말을 이어 갔다.

[그 말, 참 웃기죠? 분명 뭔가 말썽을 일으킨 놈은 저기 따로 있는데, 그놈은 무서우니 만만한 당한 사람보고 참으라고 하는 거죠. 착하다는 쓰레기 감투를 하나 덮어씌우고 희생을 강요하는 거 아닙니까? 착하다는 감투가 사실은 만만함을 인증하는 거나 마찬가지인데 말이죠. 더불어 판사 자신은 이 사태를 원만하게 수습한 현명하고 좋은 사람이라는 기분도 느끼겠죠? 그러나 만약 만만한 상대가 말을 안 들으면 그 즉시 착하다는 덤터기를 벗겨 버리고 천하의 몹쓸 망종으로 만들어 버리겠죠. 그래서 우리나라가 이 꼴인 거예요. 설치는 놈은 내버려두고 옆의 사람들만 희생시키는 문화. 무시무시한 함정이고 절대 하면 안 될 끔찍한 짓인데 우리나라에선 아주 공공연하게 애 어른 가릴 것 없이 강요되죠.]

변조된 목소리는 잠시 말을 끊었다가 다시 웃으며 말했다.

[판결을 그런 식으로 내리는 건 뭐, 너무 흔해서 이젠 일반 상식이 됐는걸요.]

고일문은 잠시 침묵했다. 그도 은연중에 변조된 목소리가 하는 말에 느끼는 바가 없지 않았기 때문이다.

그러다가 고일문은 간신히 말했다.

"법조 체계를 무시하지 마시오!"

[검사님, 저는 대한민국 법체계를 무시하지 않습니다. 제가 무시하는 건 그 법체계를 쥔 쓰레기 기생충들뿐이라고요.]

"법은 공정성을 기하고 선의의 희생자를 막기 위해……."

그 말에 변조된 목소리는 또다시 크게 웃었다.

[하하하. 선의의 희생자를 막아요? 오히려 대량 생산하고 있잖아요?]

"우리나라 법체계는 대륙법(독일과 프랑스를 중심으로 발달한 유럽의 법률)에 근간을 두고 있소! 응징을 목적으로 하는 영미법(영국 법률 및 그것을 계승한 미국 법률)과는 다르단 말이오. 영미법에선 수백 년 형 같은 판결도 나오지만 실제로는 보석금으로 대부분 해결된다는 건 알고 있소?"

[대륙법 문제를 말하는 게 아니에요. 뭐가 됐든 있는 법체계라도 제대로 적용해 달라는 거죠. 교화? 아, 말은 좋죠. 그러나 교화의 대가는 누가 치르죠? 분노 조절 장애가 있는 살인마 같은 놈도 음주니 심신미약이니 하며 풀어 줘 버리는 게 교화인가요? 그놈들이 또 저지르는 사고는요? 교화의 대가는 왜 법관이 아니라 보통 사람이 치르는 거죠? 그거야말로 착한 너

희가 참아, 아닌가요?]

"더 강력한 응징을 바라는 거요? 법은 응징이나 복수만이 목적이 아니오!"

변조된 목소리도 지지 않고 맞섰다.

[그게 목적은 아니더라도 복수나 응징을 제대로 해 줘야죠! 복수조차 못 해 주는 법을 뭐에 쓰나요? 억울함도 충족 못 시켜 주는 법이 법인가요? 무력한 법이면 범죄는 뭐로 막고 정의는 뭐로 지키죠? 복수를 사사로이 못 하게 하려고 법이 만들어졌다면 최소 제구실은 해야죠! 제구실도 못 하면서 착한 네가 참으라는 판결만 늘어놓는 게 맞나요? 뭐라고 하면 현행법 체계를 핑계 대며 피해 다니기만 하죠. 스스로 생각해 보세요. 검사님 주변 법관들이 전부 결백한가요? 이상한 판결을 내린 적이 없나요? 공정하지 않고 누군가의 눈치를 보는 사람이 정말 없나요? 법관이 언제부터 남의 따까리가 됐죠? 지금의 법은 대체 누구를 위한 거죠?]

변조된 목소리의 말에 고일문은 화가 나서 대응하려 했지만 다시 드론의 붉은 레이저가 그의 눈가를 스치고 지나가자 정신이 들었다. 말로는 해치지 않을 거라고 했지만 상대는 아직도 드론으로 그를 조준하고 있다. 총을 겨누고 있는 것과 마찬가지다. 상대를 자극할 필요는 없었기에 고일문은 애써 마음을 가라앉히며 어조를 바꿔 조용히 물었다.

"그러니까 당신들의 행동은 복수를 위한 거라는 말이오?"

그러자 변조된 목소리도 금세 흥분을 가라앉히고 대답했다. 감정적이기도 하지만 꽤나 이성적인 면도 있는 자 같았다.

[당연히 그렇죠.]

"그럼 다들 잘못이 있어서 죽인 거요?"

[글쎄요. 잘못이라기보단 원한 때문이죠.]

"원한?"

고일문은 약간 눈살을 찌푸렸다.

"이준원, 김석명, 조하장, 박현종, 안종민, 최신웅. 그 모두에게 원한이 있었다는 거요?"

[네.]

"어이가 없군. 어떻게 그들 모두와 원한 관계일 수 있소?"

[검사님, 차차 아시게 될 거예요. 물론 우리가 얼굴도 못 본 자도 있어요. 그러나 원한은 있어요. 깊죠. 빼고 생각할 수 없을 만큼.]

"아까 한 패거리란 표현을 썼지. 그런 맥락이오?"

[맞아요.]

“복수라면 개인적인 복수요, 아니면 사회적인 복수요?”

[당연히 개인적인데, 사회적인 부분과도 얽혀 있을 뿐이에요. 우린 그냥 복수 귀신들입니다.]

“그렇다고 보기엔…… 당신들은 너무 두서없이 사람들을 죽이고 있지 않소? 그들을 한 패거리라고 보기엔 너무도…….”

그 말에 목소리는 다시 웃었다.

[두서없어요? 하긴, 검사님은 아무것도 모르니까 그렇게 말하는 거예요. 그들이 정말 한 패거리란 걸 알아내게 된다면 그때 이해하게 될 겁니다.]

“이해가 안 되는군.”

[제가 말해도 안 믿을 테죠. 당연하죠. 그러니 스스로 알아내세요. 그래야만 믿을 수 있을 테죠.]

변조된 목소리는 다시 덧붙여 말했다.

[아, 물론 이제부턴 정말 조심하셔야 합니다. 핵심적인 현장 증거물이 검사님조차 모르게 없어졌다는 것, 등골이 좀 싸늘하지 않으세요?]

“믿기 힘든 일이오.”

[그러니 조심하라는 거예요. 우리는 이제 더 이상 검사님을 노리지 않아요. 절대로요. 하지만 진실을 파헤치는 순간, 검사

님은 정말 위험해져요. 아마 이것만 주의해도 검사님 능력이라면 전모를 다 알아내실 수 있을 겁니다. 검사님이 사건에서 모르는 게 뭔지, 그리고 왜 모르는 것인지를 계속 염두에 두시기만 한다면요.]

"당신의 진술도 듣고 싶소만."

[굳이 제가 말 섞어서 판단을 흐리게 할 생각 없어요. 검사님 스스로 알아내는 게 가장 깨끗할 테니까요. 그리고 우리도 아직 모르는 게 많아요.]

변조된 목소리는 다시 말했다.

[우릴 잡고 싶다면 아무도 믿지 말고, 주변의 모든 이들이 검사님을 속일 수 있다고 생각하세요.]

"공권력에 대항하라는 소리처럼 들리는데."

[그럴 수도 있어요. 그런데 고 검사님? 공권력이 위예요, 진실과 정의가 위예요? 심지어 국가라고 해도 진실이나 정의를 지키지 못하는 나라라면 가치가 있을까요?]

고일문은 대답하지 못하고 침묵했다.

그러자 변조된 목소리는 다시 말했다.

[너무 길어졌는데, 아무튼 모든 걸 조합할 때까진 혼자만 전모를 알고 계세요. 그리고 확실하고 믿을 수 있는 방패를 여

러 개 만든 후에 판단한 대로 행동하세요.]

"어떻게든 당신들을 조사하고 찾아내겠소! 그리고 당신들을 법정에 세울 거요!"

[원 참, 고지식한 소리 하시네. 네, 네. 그러니 고 검사님, 열심히 하세요. 검사님은 범죄자들이라도 함부로 처단되길 바라진 않으시겠죠?]

"당연하지!"

[그런데 검사님이 우릴 늦게 잡을수록, 진실에 도달하는 순간이 늦어질수록 우리가 죽이는 자도 늘어날 거예요. 우리는 하나라도 더 해치우려고 최선을 다할 거거든요.]

"테러 행위를 계속하겠단 거군?"

[아, 근데 그놈의 테러라는 누명 좀 씌우지 마세요. 우린 복수 귀신이고 암살자예요. 그리고 미쳤죠. 인정해요. 암요. 그런데 당연히 복수의 대상만 처치해요. 관계없는 분들은 전혀 다치게 안 한다고요. 그걸 테러라고 덮어씌우니 원 참······.]

변조된 목소리는 한번 헛기침을 하더니 다시 말했다.

[그런데 아무래도 도움 좀 드려야겠네요. 너무 아무것도 모르시니 직접 확인할 계기 정도는 만들어 드릴게요.]

범죄자가 말하는 것은 어떤 것이든 수사 정보에 도움이 될 수 있다. 고일문은 궁금했던 것 한 가지를 즉시 물었다.

"내 집엔 어떻게 드론을 집어넣었소? 나름 집단속은 하는 편인데……."

변조된 목소리가 히히 웃었다. 기이하게 뒤틀린 웃음에서 광기가 느껴졌다. 그러나 변조된 목소리는 순순히 말해 주었다.

[별것 아닌데요. 검사님이 들어올 때 따라 들어온 거죠.]

"따라 들어왔다고?"

[생각보다 쉬워요. 잘 잠긴 집에 드론을 넣는 건 어렵죠. 그러나 굉장히 취약해질 때가 있어요. 바로 본인이 들어갈 때죠.]

"그런 식이었소?"

[자기 머리 바로 위만큼 안 보이는 곳은 없죠. 주소만 알고 있으면 쉬운 일이에요.]

어이없을 정도로 단순한 방법이었다. 그러나 효과적이었다. 주위를 살핀다고 해도 다른 사람이 없나 주변을 둘러보는 것이 고작이다. 공연히 목을 젖혀 머리 위를 확인하는 일은 드물었다. 물론 문이 열리는 순간에 드론을 집어넣는 것은 여간한 조종 실력이 아니고서는 쉽지 않은 일일 테지만…….

"드론이 바로 위에 있는데도 소리를 못 듣는다고?"

[군용으로 쓰이는 저소음형이니까요. 아무 소리도 안 나는

건 아니지만 방심한 상태에서 귀에 잘 들릴 정도는 아니죠.]

"그런 건 어디서 구한 거요?"

[고 검사님, 시간 없어요. 그런 쓸데없는 거 일일이 묻지 마시고 이거 하나만 들으세요. 좋은 시작점이 될 거예요.]

"말해 보시오."

[제 이름부터 알려 드릴게요. 저는 민동훈입니다.]

"그렇…… 어? 민동훈?"

고일문의 눈이 커졌다. 언론에서 한차례 화제가 됐던 민동훈이 맞다면 그는 몇 달 전에 큰 물의를 일으킨 인물이었다. 그러나 언론의 보도대로라면 그는 살아 있는 사람이 아니어야 했다.

고일문은 믿어지지 않아 다시 물었다.

"그 반체제 연구원?"

[그 표현엔 동의하고 싶지 않지만 검사님이 생각하는 그 인물이 맞습니다.]

"당신, 살아 있었소?"

고일문은 놀라움을 감출 수 없었다. 민동훈은 우리나라 최대의 방산 연구 단지인 대현방산기술연구단지에 근무했었으나 불명의 적국에 포섭돼 연구 기밀과 다수의 무기 정보 및 실물을 갈취하려 시도했다가 발각된 자였다. 더구나 그러한 시도가 실패하자 자택 전체를 가족과 함께 폭발물로 날려 버리면서 자폭해 모든 증거를 말살한 극악무도한 자로 알려져 있었다. 그런데 그가 살아 있었다니.

민동훈은 묘하게 실망스러운 듯 말했다.

[담당 검사님도 그렇게 알고 계시는군요. 거참.]

"난 파이로매니악 사건 담당이지, 그쪽 담당은 아니오. 그 건에 대해서는 조금 들은 게 전부요."

고일문이 어이없어하는 동안, 민동훈은 다시 덧붙여 말했다.

[그러나 그래도 기쁘군요.]

"이해가 안 되는데. 뭐가 기쁘단 거요?"

[당신은 적어도 연결된 인물이 아니라는 게 또 한 번 확인됐으니까요.]

고일문은 도저히 이해할 수 없어 한숨을 쉬었다.

"하나도 말이 안 돼. 당신은 절대 민동훈이 아닐 거요. 그는 공식적으로 사망했고 검증까지 끝난 인물로 알고 있소. 사칭하지 마시오."

[사칭 아닌데요.]

"그러면 당신 주변의 다른 피엠들은? 설마 유영, 토끼928, 이런 자들이오?"

[네.]

“……뭐? 그들도 살아 있다고?”

[지금 옆에서 코 골고 자고 있는데요.]

“어이가 없군!”

‘토끼928’로 알려진 해커와 유영은 민동훈과 함께 대현방산 기술연구단지 사건의 공범들이었고 그들 또한 자택을 폭파해 증거를 자체적으로 말소시킨 자들이었다. 가족들까지 모조리 죽이며 자폭해 버렸기 때문에 결국 정확히 밝혀진 것은 별로 없지만 오랫동안 암약해 온 적국의 고정간첩이라는 설이 지배적이었다. 그들 모두가 살아 있었다니 고일문은 도저히 믿을 수가 없었다.

‘이미 사망한 자들의 신원을 사칭해 수사에 혼선을 주려 하는 걸까?’

그렇게 생각한 고일문은 그런 얕은수에 넘어가진 않는다고 말하려 했다.

그때 자신을 민동훈이라고 밝힌 상대가 말했다.

[고 검사님? 이것도 모르고 계셨다면 조심하셔야 합니다. 드러내 놓고 우릴 조사하면 검사님도 찍혀서 고정간첩처럼 큰 덤터기를 쓰고 사라질 수 있어요. 검사님은 우리를 쫓는다고

하지만 우리는 절대 검사님이 그렇게 되기를 원하지 않아요.]

고일문은 혼란스러웠다. 너무도 터무니없었기에 오히려 진정성이 느껴진다고 할까?

민동훈이 다시 말했다.

[더 많이 말해도 안 믿으실 것 같으니 오늘은 이만하죠.]

"오늘은? 그럼 또 오겠단 거요?"

[아마 검사님께서 다시 우리와 얘기하고 싶어질지도 몰라요. 그럴 땐 저쪽 창문에 수건이건 커튼이건 아무튼 흰색 천을 걸어 두세요. 하루 정도 지나서 드론을 보내든지, 전화하든지 하겠습니다.]

고일문은 여러 가지 일에 정신이 혼란스러워서 거부도 하지 못하고 듣고만 있었다.

고일문은 잠시 생각하다가 물었다.

"그 패거리…… 아니, 연결이란 게 대체 뭐요? 산 사람도 죽은 사람으로 덮을 정도면 국가 전체가 은폐하는 일이란 거요?"

[국가 전체라고까진 생각 안 하기에 우리도 이 짓을 하는 겁니다만 검사님도 역시 작은 부품 하나에 불과하군요. 공연한 짓을 해서 검사님까지 위험에 빠뜨린 건 아닌가 싶어요.]

민동훈의 말을 끝으로 드론의 레이저 포인터가 다른 곳을 향했다.

[일단 맞히진 않아요. 대신 다른 곳에 한 방 쏠 겁니다. 집이 좀 부서지겠지만 양해해 주세요.]

"안 죽이겠다면서 굳이 그래야 하오?"

[그래야 검사님이 안전해져요. 검사님이 피엠의 습격에도 아무 피해를 입지 않았다고 알려지면 오히려 위험해질 겁니다. 그럼 담당 검사가 다른 사람으로 바뀔 거고 우리를 쫓기 어려워지겠죠.]

고일문은 이 행동을 어떻게 해석해야 하는지 아직도 얼떨떨했다. 자신이 쫓는 범죄자가 오히려 자신을 보호해 주고 수사에 협조해 주겠다니.

민동훈은 계속 말했다.

[아, 물론 저항해서 막았다고 보고하세요. 제가 발사하고 나면 드론을 좀 부수거나 하시고. 어차피 곧 불타다가 터질 테니 부수고 나면 다른 방으로 피해 계세요. 쏘기 전에 그랬다고 하면 판별 못 할 거예요. 습격을 물리친 용감한 검사님이 되시는 겁니다. 행동도 좀 더 자유로워지실 거고요.]

고일문은 지금 자신이 범죄자와 협력하는 게 아닐까 고민했지만 결국 고개를 끄덕였다. 곧 드론은 저만치 떨어진 소파에 뭔가를 한 방 발사했다. 총소리와 비슷한 폭음이 울리더니 소파는 곧 구멍이 뚫렸다가 사방으로 터져 나가며 안의 충전재를 마루에 가득 흩날렸다. 소파 자체가 박살 난 것은 아니지만 사람 하나를 잡기엔 충분한 폭발력이었다.

[이제 드론을 치세요. 그럼 나중에 뵙기를, 고 검사님.]

민동훈의 말에 고일문은 곁에 있던 작은 의자를 번쩍 들어 드론을 쳐 땅에 떨어뜨리고 한 번 더 내리쳐 박살을 냈다. 그리고 옆방으로 피신했다.

드론은 곧 안에서부터 불이 번지며 타들어 가기 시작했다. 고일문은 옆방 문 뒤에서 그 광경을 지켜보다가 이내 긴장이 풀려 그 자리에 털썩 주저앉았다. 그러면서도 속으로는 민동훈에게서 들은 기이한 이야기들을 생각하느라 여념이 없었다.

쫓고 쫓기고

“일어나 봐라.”

동훈이 마스크를 벗으며 바닥에 아무렇게나 뒹굴며 자는 남자를 툭 찼다. 푸른색 오토바이 헬멧을 곁에 놓고 새우처럼 몸을 구부리고 자고 있던 남자가 퍼뜩 눈을 떴다.

“뭐야?”

“얘기 좀 하자. 저기 희수도 깨우고.”

동훈이 턱끝으로 저만치 의자에 푹 파묻히듯 앉아 고개를 떨어뜨리고 있던 여자, 희수를 가리켜 보였다.

그러나 희수는 동훈이 말하자마자 움직이지도 않은 채 대답했다.

"나 깼어."

"안 잤어? 코까지 골더만."

"방금 깼다고. 나 예민한 거 몰라?"

희수는 아주 천천히, 느릿느릿하게 고개를 들고 눈도 뜨지 않은 채 몸을 조금 일으키더니 머리로 손을 올렸다. 희수의 긴 머리는 가체처럼 틀어 올려져 비녀 두 개로 고정돼 있었다. 그 비녀는 기다란 젓가락 모양이었다. 희수는 머리에서 비녀를 뽑더니 그제야 눈을 떴다. 그리고 비녀를 젓가락처럼 쥐고 자리 앞에 놓인 담뱃갑을 툭툭 쳐서 담배 한 개비가 솟아 나오게 했다. 희수는 비녀로 담배를 집어 입에 물고는 불을 붙였다.

그것을 본 동훈이 투덜댔다.

"눈뜨자마자 담배질이냐? 내가 아주 숨이 막혀 죽겠다."

"처음 봐? 난 담배 없음 죽어."

"차라리 죽든가."

그러자 바닥에 주저앉아 있던 남자, 영이 입을 열었다.

"그나저나 왜 깨웠어?"

동훈이 말했다.

"너희 자는 사이에 우리 사건 맡았다던 담당 검사랑 이야기 좀 했다."

희수가 담배 연기를 뿜으며 말했다.

"고인물 검사?"

"고인물이 아니라 고일문이다."

"그게 그거 아냐?"

"달라. 남의 이름 갖고 장난하냐?"

이번에는 영이 물었다.

"드론 썼냐?"

"응."

"왜? 드론 몇 대 남지도 않았다면서."

"놈들 패거리일지 아닐지 확인하러."

"당연히 패거리 아닐까? 죽였냐?"

"아니."

"왜?"

"놈들 패거리는 아닌 것 같더라."

"괜한 짓 한 거 아냐?"

"괜한 짓 아냐. 그 사람 아무것도 모르더라고. 심지어 우리가 금속판에 메시지 남긴 것도 몰랐어. 금속판 메시지가 종이 쪼가리로 바뀌어 버렸거든."

그러자 희수가 말했다.

"그게 왜 바뀌어?"

"누군가 바꿔치기한 거지. 거기 알려지면 안 될 것들이 적혀 있었으니까."

희수가 담배를 젓가락으로 잡은 채 다른 손을 써서 신경질적으로 머리를 긁었다.

"야, 정말 놈들 장난 아니네. 증거도 빼돌리고 담당 검사도 왕따시키고."

"그래도 고 검사는 적어도 한패는 아니란 거잖아."

영이 말했다.

"그래 봐야 우리 쫓는 사람이잖아."

"그건 그렇지. 그래도 그 사람 정도는 돼야 진실을 밝힐 수 있을 것 같아서 몇 가지 알려 줬다."

"뭘 알려 줘?"

"우리 이름도 모르더라고. 웃기게 파이로매니악이란 이름은 알면서 우리는 다 죽은 걸로만 알고 있던데."

"그래서 친절하게 알려 줬어? 우리 얼른 쫓아서 잡아가라고?"

영이 툴툴대자 동훈은 인상을 찡그렸다.

“이름 알려 준 정도로 우리가 잡히겠냐? 또 설령 잡히면 어때? 사실을 밝히는 게 더 중요한 거 아냐?”

영이 고개를 저었다.

“넌 그럴지 몰라도 난 아냐! 그놈들에게 분 풀릴 때까지 복수하지 않으면……!”

동훈은 그런 영을 비꼬았다.

“그런 새끼가 이준원이 잡을 때는 벽에 대가리 박고 있었냐?”

“그건 긴장돼서 그런 것뿐이야. 내가 뭐 방해했냐?”

그러자 희수가 말했다.

“방해했지. 그럼 방해 아냐?”

“아, 씨. 울화가 치밀어서 견딜 수 없어서 그런 거야!”

영이 변명하자 동훈이 다시 비꼬았다.

“마음 약해진 것 같던데?”

“시발, 아니라고!”

“됐고, 아무튼 난 고 검사에 희망을 걸어 볼 생각이다. 그러니 행여나 고 검사는 건들지 마. 놈들과 한 패거리 아닌 사람은 건드리면 안 돼.”

“그런 거 일일이 다 따지면서 어떻게 복수하냐?”

“그런 거 일일이 안 따지면 우리도 놈들하고 똑같아지는 거야.”

“어차피 살인마! 그것도 연쇄 살인마인데? 이보다 더 바닥도 있냐?”

영이 말하자 동훈은 한숨을 쉬었다.

“모르겠다. 그래도 마지막 선은 지켜야 하지 않겠냐?”

착잡한 표정으로 동훈은 잠시 침묵했다.

그러자 영이 말했다.

“너 나름 큰 그림 그렸다고 자부하는 것 같은데 그렇게 일이 풀릴 것 같냐? 이놈의 시궁창 같은 나라에서? 그런 방법으론 놈들 못 이겨.”

그 말을 들은 동훈이 갑자기 역정을 냈다.

“그럼? 다른 방법 있어? 다 죽이자고? 좋다, 이거야. 그런데 누굴 죽여? 알아야 죽이지!”

“이렇게 끈이 깊이 닿을 정도면 아주 고위층일 거잖아.”

“그래서? 우리나라 고위층 다 죽이자고?”

“드론 써서 그냥 죽일 게 아니라 협박이라도 해서 윗줄 불게 하면 되잖아.”

영이 말하자 동훈은 고개를 저었다.

"말이 쉽지, 그거 위험해. 우리가 공권력을 업었거나 조직이라도 튼튼하면 몰라도."

"그게 뭐 상관인데?"

"상관이 있지. 만약 놈이 아무나 다른 사람 끌어들이면? 우린 그놈 끌고 다닐 수도 없고 변변하게 확인하는 것도 쉽지 않아. 오히려 무고하거나 정반대편인 사람 끌어들이면 애먼 사람 죽이는 꼴이 되잖아. 온갖 방법을 써서 죽이는 것만 간신히 하는데 끌어다가 취조할 재주라도 있냐? 그냥 하나하나 우리가 직접 찾아가는 게 더 확실해. 그리고 우리도 쫓기는 중이란 걸 잊지 말라고."

영이 말했다.

"담당 검사도 아무것도 모른다면서?"

그때 희수가 끼어들었다.

"난 미스터 정이 더 무서워. 경찰이나 검찰보다도. 그 새끼 정말 지독한 놈이잖아."

그 말에 영도 말했다.

"난 기태라는 새끼하고 옌벤인가 하는 빨갱이 새끼 꼭 죽일 거야."

동훈은 둘의 이야기를 듣고 다시 말했다.

"그래. 미스터 정도, 그 부하들도 좀 두렵지. 그러나 놈들만 우릴 쫓는 게 아냐. 우리도 놈들을 쫓아 잡아야 해."

"다 쳐 죽여야지! 아주 찢어 죽일 거야!"

영이 분노를 폭발시키자 동훈이 제지하듯 손을 내밀며 말했다.

"다 좋은데, 좀 생각해 보니 다른 게 걱정되더라고."

"뭐가?"

동훈이 눈빛을 번득이며 말했다.

"고 검사가 아무것도 모른다면 놈들이 우릴 포기한 걸까? 그럴 리 없잖아. 우리가 살아 있는 게 밝혀지면 놈들에게도 치명타야. 그런데 특검 하나에게만 맡겨 둘까? 더구나 자기 끄나풀도 아니고 전혀 모르는 검사에게 추적시킨다? 그래서야 우릴 안 잡겠다는 거랑 똑같잖아."

"그건 그렇지."

"그래서 난 놈들이 다른 무슨 수단을 쓰지 않을까 그게 두려워."

영이 말했다.

"기껏해야 사람 푸는 거 정도겠지. 뭐, 군이랑 경찰도 움직이는데."

그때 희수가 과자 봉지를 하나 쥐고 북 찢으며 말했다.

"맞아. 우릴 테러범으로 몰면서 군대까지 동원한 것 같던데?"

"그래도 모든 군경을 다 움직이는 건 아니잖아. 놈들이 아무리 대단해도 그렇게 완전히 장악했을 리는 없지."

동훈은 고개를 저으며 덧붙였다.

"그래 봤자 드론 경비를 서는 것 정도야. 무슨 계엄령이라도 내리면 모를까, 군이 그렇게 대놓고 나서지는 못하는 것 같아."

"그럼 별걱정 없네. 어차피 사람 풀어 봐야 미스터 정 무리하고 다를 것도 없잖아. 아니, 그보다 못하겠지. 사람들 시선 눈치 보면서 해야 하니 행동이 많이 제약될 테니까."

영의 말에 동훈이 고개를 끄덕였다가 이내 다시 고개를 저었다.

"그럴 것 같지만 그게 전부는 아닐 것 같단 말이야. 그건 너무 무력하잖아. 뭔가 다른 수단이 있을 것 같지 않아? 고 검사랑 이야기해 보니 더 찜찜하더라고. 가장 만만한 검찰, 경찰도 뒤로 미뤄 둔 거 같아 보이니 말이야."

"그 다른 수단이라는 게 뭔데?"

"나도 모르지. 그런데 아무래도 껄끄럽다고. 너흰 뭐 생각나는 것 없어?”

동훈이 고민하던 것을 털어놓자 희수는 젓가락으로 과자를 한 개 집어 입에 넣으며 고개를 저었다.

“몰라.”

영도 힘없이 말했다.

“뭐, 짐작도 안 가네. 너 지나치게 걱정하는 거 아냐?”

“지나치지 않아. 분명 뭔가 할 것 같은데…….”

그런데 그때 희수의 모니터에 밝은 아이콘이 뜨면서 신호음이 울렸다. 희수는 입에 문 과자를 급히 삼키며 화면을 응시했다.

“어? 잡혔어!”

“뭐가?”

“미스터 정! 그 새끼 휴대폰이 작동했어.”

희수는 다시 고개를 갸웃거렸다.

“그런데…….”

“뭐야?”

“좀 이상한데. 생각보다 너무 쉽게 잡혀서. 이번에 손에 넣은 건 기태 번호였고, 미스터 정은 최근 번호를 모르니까 옛날에 놈이 쓰던 번호를 찾아내서 해킹한 거거든. 사실 기대도 안

하고 그냥 걸어 둔 거였는데 다른 놈들 게 아니라 이놈 거가
딱 잡히네?"

"그럼 문제없잖아."

"아니, 그놈도 나름 큰일 치렀는데 계속 같은 휴대폰을 쓰겠
어? 바꾸지 않았을까?"

그러자 동훈이 말했다.

"못 바꾸는 이유가 있을 수도 있잖아. 고위층과 직접 연락
가능하다거나."

"그건 그럴 수도…… 그래도 좀…… 생각보다 쉽게 잡혀서."

"함정일 수도 있단 거야?"

"놈도 내가 해커인 거 잘 알잖아. 그런데 이렇게 옛날 휴대
폰을 그냥 쓸까? 함정 같다는 느낌도 드는데 또 아닌 것 같기
도 하고……."

그러다가 희수는 다시 말했다.

"근데 말할 거면 고 검사에게 미스터 정 이야기도 하지 그
랬어? 기태나 옌벤이나 뭐 그런 것들도 함께."

그 말에 동훈은 허탈하게 웃었다.

"이름 하나 달랑 알려 줘서 뭐 하게? 다 별명 같은 거고 지
들끼리만 쓰는 건데 그걸로 뭘 찾아? 우리야 놈들 낯짝이라도

알지만 전달해 줄 방법도 없고. 그림이라도 그릴까? 너 그림 잘 그려?"

"됐어. 까칠하긴."

그때 영이 금세 불타오를 것 같은 눈매를 하고 말했다.

"아무튼 함정이면 뭐 대수야? 놈들을 찾을 다른 방법이 없잖아. 준비 좀 단단히 해서 가면 제깟 것들이 뭐 어쩌겠어? 잘 해 봐야 총질이나 해 대겠지."

그러면서 영은 동훈을 돌아보았다.

"무기 충분해?"

동훈은 한숨을 쉬었다.

"충분하긴 개뿔. 그리고 너 총 무시하는데, 총도 충분히 무서운 무기야."

"우린 드론 있잖아."

"몇 대 남지도 않았어. 그거 다 써 버리면 이제 놈들을 찾아도 못 잡는 거고."

"그냥 사서 쓰면 되잖아."

"민수품은 성능이나 안정성이 매우 떨어져. 한계가 확실하다고."

"너 개조 잘하잖아."

"시부랄, 개조가 그렇게 쉬운 줄 아냐? 더구나 이젠 군부대
도 여기저기 깔렸어. 드론 대응 무기는 뭐 만만한 줄 알아?"

그러나 동훈도 그냥 있을 수만은 없다고 생각했는지 희수
를 돌아보며 물었다.

"어디야?"

"음…… 멀진 않아. 서울은 아니고…… 안산이야."

"좌표는 찍었어?"

"응. 맵으로 주변도 확인 가능할 거야. 시간은 좀 걸리겠지
만."

"뭐, 일단 가 보자. 조심스레 접근해 보고 다시 판단하자고."

그러자 영은 즉시 헬멧을 눌러쓰고 밖으로 나갔다. 운전은
언제나 그의 몫이었으니까.

피엠의 탑차는 한가롭게 외진 길만 골라 달려 안산에 도달
했다. 희수가 위성 맵으로 확인해 보니 발신지는 시가지에서
한참 떨어진 곳이었다. 으슥하다고까지 할 수 있는 공터와 숲
으로 이루어진 그곳은 주변에 인가도 없고 길조차도 비포장도
로였다. 그리고 그 중간에 큼지막한 비닐하우스 한 채가 덩그
러니 서 있었다.

동훈이 주변을 모니터로 확인하며 중얼거렸다.

"놈이 숨어 있을 만한 곳 같기는 한데…… 뭔가 싸한데?"

그러자 희수가 말했다.

"이 정도면 총소리 들려도 들을 사람 몇 없겠어. 함정일지도 모르는데 괜찮을까?"

"일단 확인 좀 해 보고."

동훈은 그렇게 말하곤 한쪽 구석에 쌓여 있던 은빛 상자들을 끄집어냈다. 예의 드론으로 세세히 정찰하려는 것 같았다. 영도 차를 세운 뒤 내리고 화물칸의 문을 열었다. 동훈이 언뜻 보니 영은 몸으로라도 해결할 작정인지 굵직한 쇠 파이프 하나를 허리춤에 찔러 두고 있었다.

"그걸로 뭐 하게?"

"뭐 하겠냐?"

"그런 거 쓸 틈이 있겠냐?"

"있을지 누가 알아."

"알아서 해라. 또 깨지지나 말고."

영은 거칠게 말을 토해 냈다.

"이번엔 안 깨져. 시팔."

동훈은 그러거나 말거나 드론을 날린 후 그 조작에만 신경

썼다.

동훈의 조작에 드론이 날아오르더니 주변을 탐색하기 시작했다. 동훈이 모니터로 훑어보았지만 숨은 자들이 있는 것 같지는 않았다. 대강 주변을 확인한 다음 동훈은 드론을 저만치에 덩그러니 놓여 있는 비닐하우스 쪽으로 보냈다.

그때였다. 비닐하우스가 갑자기 흔들리더니 단숨에 무너져내렸다. 동훈은 깜짝 놀라 드론을 위로 상승시키면서도 계속 카메라로 그곳을 관찰했다.

비닐하우스가 무너지면서 나온 것은 믿을 수 없게도 한 대의 전차였다. 보통의 얼룩무늬 도색이 아니라 매끈한 회색으로 칠해진 전차. 모습조차도 흔한 전차가 아니라 마치 미래에서 온 듯한 묘한 곡선의 디자인이었다.

동훈은 몹시 경악해 자신도 모르게 크게 소리쳤다.

"저게 왜 여기 있어!"

영과 희수는 깜짝 놀라 동훈을 바라보았다.

희수가 다급하게 물었다.

"함정이야?"

그때 동훈의 모니터를 본 영도 외쳤다.

"저거 탱크잖아? 저게 왜 이런 데 숨어 있어?"

“보통 탱크가 아냐! 저거…… K3-2라고!”

“그게 뭐야?”

“K3도 아니고 K3-2야! 최신형 시제품 전차라고! 아직 개발 중인 미래 전차인데 저게 왜……!”

그때 전차가 갑자기 급가속하며 기동하기 시작했다. 그와 동시에 포탑의 오른쪽 구석이 열리며 묘한 장치 하나가 모습을 드러냈다. 그것을 보며 동훈은 경악했다.

“어……? 설마…… 설마 저거……?”

“뭔데 그래!”

그러나 동훈이 대답하기도 전에 드론이 비춰 주던 모니터 화면이 확 밝아지더니 곧바로 깜깜해졌다. 소리조차도 없었다. 드론이 격추돼 버린 것이다.

“레이저야!”

“뭐? 레이저? 그런 게 정말 있다고?”

영이 놀라 중얼거렸으나 동훈은 급히 영의 몸을 밀어 내며 소리쳤다.

“당장 튀어! 당장! 저놈한테 걸리면 절대 못 살아!”

“저게 그렇게 대단해?”

“아! 서두르라고!”

동훈은 다시 화물칸으로 들어가려다 생각을 바꿔 앞자리 조수석으로 향했다.

그러자 희수가 소리쳤다.

"왜 너만 앞으로 가?"

"화물칸에선 밖이 안 보이잖아!"

"밖이 보이면 무슨 수라도 생겨?"

"몰라. 피할 수 있을지 모르겠지만 하는 데까진……."

그때 우르릉하는 소리가 저만치에서 들려왔다. 전차가 본격적으로 기동하기 시작한 것이다. 그러나 전차다운 엔진 소리나 무한궤도의 소리는 거의 들리지 않았다. 전기로 구동되기 때문이었다. 그보다도 앞을 가로막는 나무들을 거침없이 밀어 넘어뜨리는 소리가 더 크게 들려왔다.

동훈은 다급한지 희수의 말을 더 듣지 않고 화물칸의 문을 닫아 버리고는 급히 조수석으로 뛰어올라 영에게 소리쳤다.

"어서 튀어! 무조건 튀라고!"

"저거 어떻게 못 잡아?"

영이 시동을 걸며 묻자 동훈은 신경질을 냈다.

"우리가 가진 걸로는 저거에 흠집도 내기 힘들다고! 신형 대전차 무기로도 통할까 말까 하는 괴물인데……."

그때 다시 우르릉거리는 소리가 들리며 이번엔 그들 가까이에 있던 나무 몇 그루가 거침없이 쓰러졌다. 그것을 보고 영은 기겁하며 시동을 걸었다. 그러자 동훈이 다시 소리쳤다.

"지그재그로 달려!"

"왜?"

"그래야 그나마 저놈의 포를 피하지!"

영은 경악했다.

"포까지 쏜다고? 우리한테?"

그때 그 말에 화답이라도 하듯 무언가 날아들더니 그들이 타고 있던 탑차를 거칠게 흔들었다. 소리보다도 먼저 날아왔기에 반응조차 할 틈이 없었다. 날아온 무언가는 놀랍게도 단번에 화물칸을 관통해 동훈이 타고 있던 조수석 문짝까지 그대로 파괴하며 지나갔다. 동훈이 영 쪽으로 몸을 기울이고 있어서 망정이지, 문 쪽으로 기댔더라면 몸이 같이 날아갈 뻔했다. 당연히 충격을 받은 앞 유리도 단숨에 깨졌다가 우르르 떨어져 나갔다. 영이 있는 운전석 쪽도 온통 금이 간 유리가 반만 남아서 시야를 가렸다. 날아온 물체는 탑차를 순식간에 반파시키고 나서도 한참을 날아가더니 저만치 앞의 불룩 솟은 흙무더기에 그대로 틀어박혔다.

동훈은 그것을 보고 반사적으로 몸을 움츠리며 앞을 가렸다. 전차 포탄임을 알았기에 곧 폭발할 거라 생각했던 것이다. 그러나 예상과 달리 폭발은 일어나지 않았다. 그것을 보고 동훈은 생각했다.

'더미탄(화약이나 발사 기능이 없어 격발해도 폭발하지 않는 훈련용 탄약)?'

다행히도 전차가 쏜 것은 일반 고폭탄이나 철갑탄 등이 아니라 훈련용 더미탄인 것 같았다. 이곳이 민간 지역이라 큰 폭발을 일으키는 포탄은 사용하지 않는 모양이었다. 만약 고폭탄 계열이었다면 그들 모두는 이미 죽은 시체로 변해 있었을 테고 철갑탄이었더라도 이 정도로 그치지는 않았을 것이다. 그런 직후에야 포의 발사음이 들렸는데 동훈이 느끼기에는 보통 전차포의 소리보다 훨씬 작은 울림이었다. 장약을 극소로 사용해 소음을 줄이려 한 게 분명했다.

그렇게 생각한 것도 잠시, 동훈은 다시 소리쳤다.

"어서 가라고! 한 대라도 더 맞으면 우린 끝이야!"

영도 삽시간에 날아간 차의 상태를 보더니 기겁하며 운전을 시작했다. 그러나 이곳은 포장도로가 아니라 국도에서 갈라진, 명목상으로만 길인 벌판이었다. 당연히 속도를 쉽게 낼 수 없었다. 지그재그 운전은 더더욱 불가능했다. 게다가 차 한편이 박살 나서 무게 비율이 망가졌는지, 아니면 타이어도 손상을 입은 것인지 차가 기울어져서 달리는 것조차도 힘겨웠다.

영이 쩔쩔매며 소리쳤다.

"운전이 맘대로 안 돼!"

차는 생각만큼 씽씽 달려 주지 않았다. 더구나 시야가 가려져서 운전도 쉽지 않았다. 영은 마침 아까 허리춤에 찔러 두었던 쇠 파이프를 떠올리곤 그것을 집어 이미 금이 잔뜩 간 유리를 마구 쳐서 완전히 부숴 버렸다. 다행히 앞 유리는 안전유리 계열이라 파편이 차 안으로 날아들지는 않았고 맞바람에 휘어지다가 결국 뜯어져 나갔다.

그때, 다시 나무들을 쓰러뜨리며 무시무시한 전차가 모습을 드러냈다. 여러 그루의 나무를 밀어 넘기고도 전차는 흠집조차 나지 않은 것 같았다. 육중한 전차라고 믿기지 않을 만큼 전차는 놀라울 정도의 속도로 빠르게 탑차를 따라오고 있었다.

"이게 뭐야!"

그제야 희수가 비명처럼 외치며 뚫린 구멍으로 얼굴을 내밀었다. 화물칸이 전차 포탄에 관통돼 뻥 뚫려 버렸기에 희수의 목소리가 운전석까지 들렸다. 심지어 구멍 사이로 얼굴도 내밀어 동훈과 대화도 가능해졌다. 그러나 동훈은 새파랗게 질린 얼굴로 혼자서 중얼거리기만 할 뿐 희수에게 대답조차 하지 않았다.

"저거…… 저거 못 피할 거 같아."

영이 그 말을 듣고 이를 악물었다.

"피할 거야! 누가 모는지는 모르겠지만 느려 터진 전차야! 그리고 군바리 나부랭이한테 운전으로 안 밀려!"

영의 외침을 듣고 동훈은 멍하니 중얼거렸다.

"……저거 사람이 모는 게 아닐 거야."

그러는 중에도 육중한 전차는 조용히 움직이며 그들의 탑차를 따라잡으려 하고 있었다.

영은 백미러로 전차를 보며 화난 듯 외쳤다.

"뭐? 그럼 귀신이 몰아?"

"아니. 내 짐작대로라면…… 저건……."

동훈은 떨면서 생각을 정리하려 애썼다. 저 신형 전차는 방산 연구원이었던 자신도 소문으로만 들은 것이었다. 동훈은 K3-2라고 불렀지만 실제로는 K3 전차의 미래형 모델이었다. K3조차 아직 양산되지 않고 있지만 연구소 안에서는 이미 개발에 들어간 상태였다. 본체는 K3를 거의 그대로 사용하지만 온갖 미래형 장비들을 덧붙이고 있기에 엄청난 예산이 투입됐다. 당연히 만들어진 것은 단 한 대뿐이며 극비에 부쳐진 시제품이었다.

그런데 동훈이 두려워하는 건 전차 자체가 아니라 그 외의 것이었다.

'저거, 분명 숲에서 시야도 안 보일 텐데 우릴 정확히 조준 사격했어! 유도 미사일도 아니고 더미탄을! 아무리 명사수라도 저렇게는 못 해! 그렇다면 저건……'

동훈은 이를 악물며 다 부서진 오른쪽 공간으로 고개를 내밀어 전차를 살폈다. 전차는 마치 평지를 달리는 것처럼 험로 위를 거의 흔들림 없이 주행하고 있었다. 영도 안간힘을 써서 방향을 수시로 바꾸며 운전하고 있었지만 전차는 운전 방향이 바뀌는 것에 즉각 반응을 보였고, 최적화된 경로를 잡아 점점 가까이 다가오고 있었다. 놀라운 반응 속도였다. 동훈이 방향 전환되는 힘을 채 제대로 느끼기도 전, 전차는 예지라도 하듯 곧바로 방향을 세밀하게 수정하며 다가왔다. 동훈이 눈으로나 몸으로 느끼는 것보다도 더 빠른 것 같았다.

'절대…… 사람이라면 저렇게 못 해!'

동훈은 확신했다. 그리고 입 밖으로 말을 토하듯 내뱉었다.

"······인공지능이야!"

그 말에 영보다 포탄 구멍으로 얼굴만 빠끔히 내민 희수가 먼저 놀라 외쳤다.

"인공지능이라고?"

"불행히도 그런 것 같아! 저거, 절대 못 피해. 다 끝났어. 제기랄······."

동훈은 전차를 조종하는 것이 인공지능이란 생각에 완전히 기가 꺾인 것 같았다. 그러나 영은 이를 악물었다.

"시팔, 그런 거 따위에 안 져! 느려 터진 전차에 따라잡힐 것 같아?"

영은 오히려 상대가 인공지능이라는 데 더 호승심을 느끼는 것 같았다. 그는 덜덜거리는 차를 더더욱 거칠게 몰았다. 동훈이 있는 조수석 쪽은 문짝도 유리도 없어서 그야말로 차에 매달려서 가는 판국이었다. 동훈은 완전히 의지가 꺾인 것 같았지만 본능적으로 의자건 어디건 잡히는 대로 붙잡아 매달린 덕분에 차에서 떨어지지 않을 수 있었다.

동훈이 중얼거렸다.

"왜 안 쏘지?"

그때 뒤따라오던 전차의 포탑 뒤쪽 수납공간이 열리며 뭔가가 휙 날아올랐다. 바로 전차에 장착됐던 드론이었다. 군용 드론은 그리 빠른 속도도 내지 못하는 탑차 정도는 가볍게 따라잡았다. 그리고 동훈의 옆쪽으로 날아들면서 놀랍게도 기계음으로 메시지를 전달했다.

[차를 멈추고 투항하세요. 그러지 않으면 후속 조치하겠습니다, 이브.]

생뚱맞게도 무시무시한 군용 전차와 드론에서 나오는 목소리는 청량한 느낌의 여자 목소리였다. 그러나 감정이 드러나지 않은 목소리는 이들에게 더더욱 공포감을 주었다. 동훈이 사용하는 엉성한 드론 스피커보다 훨씬 세련된 것 같았으나 끝에 덧붙이는 '이브'라는 말이 왠지 모르게 꺼림칙하게 들렸다.

동훈은 믿어지지 않는다는 듯 소리쳤다.

"아니, 전차 전용 인공지능도 아니고 대화와 판단까지 가능한 범용 인공지능이라고? 저런 것에 무기를 맡겨? 미친 거 아냐?"

영이 놀란 동훈을 대신하여 드론에게 소리를 질렀다.

"닥쳐!"

그러나 드론은 빠르게 말했다.

[생각을 바꾸시길 바랍니다. 제겐 주변의 손해도 어느 정도

감수할 수 있는 권한이 있으며 주변까지 피해를 줄 무기를 사용하지 않더라도 당신들을 잡을 수단은 여럿 있습니다. 현명한 판단을 하시기를 바랍니다, 이브.]

그때 희수가 포탄 구멍으로 얼굴을 내밀며 소리쳤다.

"너 정말 인공지능이야? 대화 가능해?"

[가능합니다, 이브.]

"우린 사람이야! 인공지능 주제에 우릴 죽일 거야? 로봇 3원칙도 몰라?"

드론은 즉시 대답했다.

[죽이지는 않습니다. 그럴 생각이었다면, 이미 초탄에 끝냈을 겁니다. 그리고 전차 주포(戰車主砲, 전차의 주요 무기인 대구경 포로, 전차포라고도 함)는 위험하니 더 사용하지 않을 겁니다, 이브.]

"그럼 못 죽인다는 거야?"

[주위의 피해가 우려돼 주포 발사는 지양할 것입니다. 그러나 무력화시켜 움직이지 못하게 하는 수단은 여럿 있습니다, 이브.]

그때 정신없이 운전하던 영이 다시 백미러를 힐끗 보다가 비명을 질렀다.

"우와아악!"

어느새 거의 탑차를 따라잡은 전차가 갑자기 급기동하더니 차를 들이받을 기세로 달려들었다. 영이 기겁하면서 방향을 틀자 동훈과 희수의 몸이 한쪽으로 왈칵 쏠렸다.

그러나 전차는 뒤에서 그들을 추돌하지 않았다. 충돌 직전에 기괴할 정도로 방향을 틀어 그들을 스치듯 앞서 지나갈 뿐이었다. 영은 차가 뒤집히지 않게 하려고 기를 쓰며 핸들을 돌려 댔다. 그사이 전차는 순식간에 멈추더니 제자리에서 빙글 선회해 방향을 바꾼 탑차의 앞길을 막아서려 했다.

그 광경을 보고 영이 비명을 질렀다.

"시발! 저렇게 움직이는 게 가능해? 가능한 거냐고!"

동훈이 반쯤 정신 나간 듯 무심코 중얼거렸다.

"전차니까…… 사람이면 못 하겠지만 인공지능이잖아."

영의 운전 실력도 보통은 아니었다. 그러나 기본적인 탈것의 스펙 차이가 너무도 컸다. 육중한 전차면서도 번번이 앞을 가로막아 도주조차 힘들게 만드는 것이다.

그때 희수가 뭔가 생각난 듯 급히 구멍을 통해 소리쳤다.

"갖다 들이박아 봐!"

"뭐? 미쳤어?"

영이 소리쳤고 동훈도 곧바로 따라 외쳤다.

"상대나 될 것 같아? 저건 전차야! 이런 깡통 차로 아무리 들이받아도 흠집도 못 내! 우리가 박살 날 거라고!"

그러나 희수는 다시 외쳤다.

"그러니 그래 보라고! 우리가 죽을 정도로 세게 밟아! 저건 사람을 못 죽이잖아!"

그 말에 깨달은 것이 있는지 영이 심호흡하며 소리쳤다.

"그렇군! 어차피 한 번 죽지, 두 번 죽냐!"

그러면서 영은 미친 듯 가속 페달을 밟으며 앞을 막아선 전차를 향해 돌진했다. 자살 시도나 다름없었다. 그러자 전차가 주춤하더니 급히 후진해 차를 피했다. 사람을 죽일 수 없어 급히 회피한 것이었다.

곁에 따라붙은 드론이 다시 말했다.

[너무하군요. 자신의 목숨을 소중히 생각하지 않는 겁니까? 오히려 무기로 쓰다뇨. 부끄러운 줄 아십시오, 이브.]

그러자 영은 통쾌하다는 듯 소리쳤다.

"내 알 바 아니다! 너한테 통하면 된 거지!"

희수가 소리쳤다.

"저건 이제 우리 앞을 못 막아!"

그제야 조금 정신이 돌아왔는지 동훈도 소리쳤다.

"이대로 쭉 시내로 무조건 달려! 못 쫓아올 거야! 보는 눈이 있으면 저건 활개 치지 못할 거라고!"

그 말에 영은 다시 억지로 차를 가속하며 어떻게든 길을 타고 올라서려고 했다.

그러나 전차도 이대로 물러서지는 않았다. 전차는 탑차 옆으로 따라붙으며 나란히 달리기 시작했다. 그리고 다시 말했다.

[당신들을 직접 공격할 순 없으니 차를 무력화시키겠습니다. 안전 운전하시길, 이브.]

"안전 운전? 무슨 얼어 죽을!"

영이 외쳤지만 다음 순간 전차의 상부에서 뭔가가 번쩍 빛나는가 싶더니 한 줄기 빛이 동훈이 앉은 조수석 쪽 엔진 룸을 비췄다. 그것을 본 동훈이 급히 외쳤다.

"레이저야! 피해!"

그러나 빛이 닿았는데도 차는 별반 이상이 없었다. 그걸 본 영이 대수롭지 않다는 듯 말했다.

"별것 아닌……."

영이 채 말을 다 마치기도 전에 차에서 연기가 솟구치기 시작했다. 앞 유리도 모조리 깨져 있었기에 매캐한 타는 냄새가 곧바로 차 안으로 밀려들어 왔다.

전차에 장착된 레이저는 드론을 격추하기 위한 방호 시스템이었다. 아직 출력이 한정돼 있어서 엄청난 위력을 갖지는 못했다. 그러나 드론 정도는 금방 불을 내거나 태워 버릴 정도의 출력은 있었다. 다시 말해 탑차 철판을 금방 뚫거나 녹일 수는 없지만, 한 점을 부분적으로 고온 가열할 수 있는 시간만 있다면 얼마든지 녹여 버릴 수도 있다는 의미다. 달리면서 흔들리는 차의 한 점을 집중 가열한다는 건 사람으로서는 불가능하겠지만 고속 반응이 가능한 인공지능에게는 가능한 일이었다.

영은 다시 차를 마구 지그재그로 몰아 레이저를 피하려 했다. 그러나 인공지능은 영이 아무리 방향을 바꿔 대도 거의 흔들림 없이 초점에 레이저를 집중시켰다. 아주 급격한 전환에는 잠시 놓칠 때도 있었지만 몇 초도 되지 않아 다시 따라잡더니 집요하게 한 점을 노렸다.

영이 울상을 지으며 외쳤다.

"아, 씨…… 보니까 냉각수 라인을 노리는 것 같은데!"

차를 잘 아는 영의 판단은 정확했다. 아무리 레이저라도 출력 한도가 있는 만큼 차의 엔진을 녹여 버리는 일은 불가능할 것이다. 그러나 차 내부의 냉각수 라인이나 기타 민감한 부분 정도는 망가뜨릴 수 있다. 차체의 철판이 막고는 있지만 장갑차도 아닌 일반 차의 철판 두께는 매우 얇았다. 시간만 들이면 충분히 녹일 수 있었고 차를 망가뜨리는 것도 가능했다.

동훈이 정신을 가다듬듯 입술을 깨물었다.

"어서 벗어나야 해! 다른 놈들도 올 거야!"

"다른 놈?"

"당연하잖아. 저 전차는 우릴 직접 못 죽여. 그러니 발만 묶어 놓고 처리는 다른 놈들이 하겠지! 놈들이 언제 올지 모르니……."

동훈은 이를 악물고 뒤의 구멍을 통해 희수에게 말했다.

"아무거나 빛나는 거, 거울 같은 거 좀 꺼내 와!"

"거울 같은 거?"

"거울이면 제일 좋고!"

희수가 급히 자신이 평소 쓰는 화장품 콤팩트를 내밀었다. 동훈은 그것을 열어 거울을 드러낸 다음, 왼손으로 차체 아무 데나 붙잡았다. 그리고 거울을 든 오른팔을 길게 뻗어 레이저를 반사시켰다.

그것을 보고 드론이 다시 말했다.

[영리하지만 위험한 행동입니다. 레이저에 화상을 입을 수

있습니다, 이브.]

그러나 동훈은 콤팩트 거울로 어떻게든 레이저를 막았다. 당연히 반사는 됐지만 거울이라고 해도 반사율은 백 퍼센트가 아니다. 거울은 곧 말도 못 하게 뜨거워졌고 이내 금이 가기 시작했다. 동훈의 손도 화상을 입기 시작했으나 이를 악물고 버티며 희수에게 소리쳤다.

"다른 거! 어서!"

그사이에도 영은 미친 듯 차를 돌리고 있었다. 그러나 희수에게 더 이상 거울은 없었다. 희수는 흔들리는 와중에도 기를 쓰고 번쩍이는 물체를 찾아다녔다. 그러다가 은빛으로 빛나는 부품 하나를 집어 들었다. 그것은 거울처럼 납작하지 않고 원뿔형이지만 스테인리스로 번쩍이게 도금돼 있었다.

"이, 이거라도?"

동훈은 손이 타들어 가는 고통 때문에 이를 악물고 눈도 제대로 뜨지 못하고 있었다. 더구나 거울이 너무 뜨거워져서 자신도 모르게 힘이 들어가 거울을 깨뜨려 버렸다. 그래서 희수가 내미는 것이 뭔지 확인할 겨를도 없이 그냥 받아다가 레이저를 막았다.

그때 드론이 급히 말했다.

[자폭할 겁니까? 권장하지 않습니다. 지나치게 위험합니다, 이브.]

그 말과 함께 돌연 레이저가 꺼졌다. 동훈은 그제야 자신이 쥔 것에 눈을 돌렸다가 깜짝 놀랐다.

"야! 이거 신관(信管, Fuse)이잖아! 다 터져 죽을 일 있어?"

희수는 몰랐지만 그건 대구경 박격포의 기폭 장치인 신관 부위였다. 그러나 희수는 그 말을 듣는 순간까지도 그게 뭔지를 몰랐다.

"알 게 뭐야!"

그때 영이 소리쳤다.

"곧 시내다!"

따라오던 전차도 그것을 알았는지 돌연 기동을 멈추었고 아직까지도 따라붙고 있던 드론이 다시 말했다.

[도주에 성공하셨군요. 축하드립니다. 그러나 다음번에도 이럴 수 있을 거라 생각 마시길. 권한을 강화해 줄 것을 건의할 테니까요. 곧 다시 만나게 될 겁니다, 이브.]

그러자 영이 성질을 부리며 앞 유리창을 깼던 쇠 파이프를 드론에게 집어 던졌다.

"다시는 만나지 말자고!"

그러나 쇠 파이프는 하마터면 동훈을 맞힐 뻔했을 뿐이다. 드론은 날아오는 쇠 파이프를 가볍게 피하며 도로 전차 안으로 들어갔다. 전차는 어느새 기동음만 조금 들려올 뿐 귀신같이 어디론가 숨어 버렸다.

전차가 사라지자 동훈은 비로소 한숨을 몰아쉬며 영에게 말했다.

"야, 천천히…… 이제 천천히 가자. 사람들 눈 피해서 좁은 길로만 가고."

"알아, 인마."

구멍으로 희수가 다시 얼굴만 들이밀며 말했다.

"일단…… 산 거야?"

"당장은……. 놈이 인공지능이라 우릴 직접 죽이지 않으려 해서 산 거야. 사람이었다면 오히려 당했을지도 몰라."

동훈은 머리를 쥐어뜯었다.

"아, 역시나 함정이었어. 미스터 정이 저런 걸 보낼 순 없을 테니……."

"역시 고위층의 누군가가?"

"그리고 방산 연구소 놈들. 아마 김주병이 했을지도 몰라. 아니, 그놈이 했을 것 같아."

“우릴 죽이지도 못할 건데 왜 저걸 먼저 보냈지?”

“우리도 폭약이 없진 않잖아. 놈들도 죽긴 싫으니 그런 거겠지. 그런데 아직 완전하지 않아서 놈들이 따라오기 전에 우리가 피한 셈이고.”

“그래. 인공지능은 사람을 못 죽이니까.”

“미처 손보지 못한 채 보낸 거겠지. 그런데 만약 저게 권한을 갖게 된다면…… 많이 힘들어질 거야.”

동훈은 한숨 쉬듯 말하며 화상 입은 손을 감싸 쥐었다. 그러자 영이 말했다.

“뭐, 어차피 목숨 따위 내놓은 판이지만…… 걱정은 되네. 복수 못 하고 죽으면 억울하잖아!”

그러자 희수도 말했다.

“더구나 인공지능은 진화할 거고 한번 쓴 방법은 안 통할 거야.”

동훈은 화상 입은 손을 내려다보며 화를 냈다.

“제길! 너무하잖아. 경찰이나 암살자도 아니고 저런 괴물이라니…… 다음에 또 쫓아오면 저걸 어떻게 상대하지?”

은밀한 조사

며칠 후, 고일문은 어느 카페에서 지인 한 명을 만났다. 다름 아닌 기자였다.

"검사님, 간만에 뵙습니다."

능글맞은 미소를 띠며 깍듯하게 고일문을 대하는 기자, 박충수였다.

고일문은 박 기자를 별로 좋아하지 않았다. 물론 검사로서 기자가 반갑기는 어렵다. 더구나 그는 고일문과는 삶의 방향성이 다른 사람이었다. 그는 늘 미꾸라지처럼 상황을 빠져나가는 타입이지, 고일문처럼 대놓고 들이받는 성격이 아니었다. 당연히 강직하다거나 신념이 굳다거나 기자라는 직업의식에 투철하지도 않았다. 또 그렇다고 해서 아주 속물이거나 직업의식을 저버릴 정도도 아니었다. 처신도 입도 가볍지만 오히려 그렇기에 고일문은 나름 그를 이용할 수 있다고 판단했다. 무엇보다도 박 기자는 지금 고일문이 궁금해하는 일을 취재한 적이 있었다.

바로 대현방산기술연구단지 사건이었다.

몇 달 전, 굴지의 방산 연구 단지인 대현방산기술연구단지가 습격을 받았다. 총기까지 동원되고 많은 사상자를 내며 상당한 양의 군용 시제품들이 약탈당한 사건이었다. 그야말로 초유의 사태라 많은 관심을 끌었다. 선임 연구원들도 여럿이 죽은 데다가 군인과 경비원 십여 명이 사망했고 비슷한 수의 중상자가 나왔다.

그러나 경비원들의 저항으로 습격자들 상당수가 사살됐고 남은 몇 명의 일당은 몰고 온 차를 갈아타며 도주했다. 그들은 곧 출동한 인근 군부대의 추격과 발포로 차를 이용할 수 없게 되자 분산 도주해 은닉을 시도했고 결국 경찰과 군수사대에 의해 포위됐다.

엄청난 범죄를 저지르고 투항조차 할 수 없었던 이들은 일가족과 함께 모두 자폭하는 길을 택했다. 결국 더 많은 사망자가 나오게 된, 씁쓸하게 끝을 맺은 사건이었다. 다만 민감한 첨단 기밀과 관련된 것이라 대략적인 브리핑 외에 어떠한 영상 보도나 상세 보도는 이루어지지 않았다.

이들의 범행 동기도 결국 적성국(敵性國)과 연관된 것으로 짐작된다고 밝혀졌으나 주동자와 관계자 모두가 사라져서 구체적인 것은 알려진 바가 없었다. 아울러 도난당했던 무기와 기술 등은 모두 회수 혹은 파괴됐다고 공식 보도됐다. 그나마 보도에서 알려진 것은 주동자 셋이었다.

연구소 내부에서 보안을 풀고 방범 장치를 무력화시킨 일명 반체제 연구원 '민동훈'. 그는 화약 기술자로서의 지식을 갖추고 있었기에 일이 실패했을 때를 대비해 사제 폭발물을 주모자들에게 주었다. 그리고 최후의 순간에 포위되자 모두가 가족과 함께 폭사하는 길을 택하게 만든 것으로 전해진다. 그런 정체를 숨기고 방산 깊숙이 잠입했다는 점에서 가장 극렬하고 극악한 자로 취급됐다.

그리고 퇴직 기자 출신으로 사회에 대한 불만을 갖고 다른 자들을 포섭해 테러 행위를 기획한 것으로 보이는 '유영'.

마지막으로 이들에게 매수돼 연구 단지의 보안을 뚫는 데 크게 일조한 것으로 보이는 해커, 통칭 '토끼928'.

그 외에도 여러 명의 해커 및 보안 전문가들과 흉악 전과가 있는 자들 몇 명이 사살된 채로 발견됐다고는 전해졌으나 그들의 신원까지는 공개되지 않았다. 군보안과 관련된 문제인 데다 모두 해결이 됐다고 공언된 만큼 굳이 더 파고들 수도 없었던 것이다.

사실 이 정도가 대외적으로 알려진 대현방산기술연구단지 사건에 대한 전부라 할 수 있었다.

고일문은 동훈이 정말 살아 있으며 피엠이라고는 아직 믿지 않았다. 아예 믿지 않은 것도 아니지만 어디까지나 확인되지 않은 가설을 대하는 것과 비슷했다. 동훈의 말을 확인해 보기 위해서라도 그 사건에 대해서는 좀 더 깊이 조사할 필요가 있었다.

그러나 그건 고일문의 영역이 아니었다. 그 사건은 어디까지나 방산 기밀이 연루돼 있었기 때문이다. 따라서 군에서 조사를 맡아 고일문이 함부로 끼어들 수는 없었다. 더구나 만에 하나 동훈의 경고가 사실이고 그것이 큰 힘에 의해 은폐되고 있다면 더더욱, 함부로 티를 내며 접근할 수 없었다. 그렇기에 고일문은 다소 다루기 쉬운 박 기자를 찾은 것이다.

"박 기자, 오랜만이야. 근데 내가 좀 궁금한 게 있어서."

"허허. 뭐가 궁금하세요? 과는 달라도 학교 선배신데, 아는 데까진 도와드려야죠."

박 기자는 예상대로 선선하게 나왔다. 어쩌면 당연한 반응이었다. 현직 검사의 개인적인 청을 대놓고 거절할 기자는 없을 테니까. 그렇더라도 고일문은 조심해야 했다. 그래서 어느 정도 변명도 준비는 해 두었다.

"자네, 대현방산기술연구단지 사건 취재했었지?"

"어? 네. 뭐, 취재하긴 했는데요."

박 기자는 헤프게 웃으며 말꼬리를 돌리려 했다.

"아, 근데 그거, 기밀의 영역이라 취재고 뭐고 할 만한 것도 없었어요. 보안 사항이라고 다 막혔는데요, 뭘. 부르는 대로 받아 적은 거나 다름없죠."

박 기자는 조금 묘한 눈빛을 지으며 웃었다.

"그런데 그 일이 왜 궁금하세요? 검사님 영역은 아닌데."

"공식적으론 난 파이로매니악 수사 팀을 맡고 있지. 그런데 멀게나마 관련이 있을 것 같아서."

"아, 그놈들 일 맡으신 건 들었습니다. 그러고 보니……."

"그러고 보니 뭐?"

"놈들에게 습격도 받으셨다고…… 정말 그러셨어요?"

"그거 보도 안 되게 위에서 조치한 걸로 아는데, 자네는 용
케도 아는군."

"기자잖습니까. 그 정도는 뭐. 그보다 다치진 않으셨고요?"

"됐어. 그래서 말인데, 내가 좀 화났거든?"

"이해합니다. 그럴 만도 하죠. 정신 나간 놈들 같으니. 그런
데 그게 대현 단지 사건하고 무슨 관련이라도 있나요?"

그러자 고일문은 차분히 말했다.

"놈들이 드론을 써서 사람 죽이는 건 알지?"

"네. 알 사람은 다 알죠."

"내가 직접 공격당했잖아. 난 그 드론을 내 눈으로 봤어. 그
런데 굉장히 조용하고 날렵해서 민간용 같지 않더군. 알아보니
까 군용, 그것도 아직 군에서 채용되지도 않은 개발품이라는
거야."

"어허? 그래요?"

박 기자의 눈이 커졌다. 당연히 예상했던 일이었다. 특종의
냄새를 맡은 것이다. 고일문이 일부러 풍긴 것이지만.

"함부로 떠들 생각은 마. 아직 공식 확인된 건 아니니 말할 때가 아냐. 그러면 나 화낼 거야."

"당연하죠. 하지만 때가 되면 저를 잊지 말아 주세요."

"자네 하는 거 봐서."

"네, 네. 뭐, 충분히 이해합니다. 세상에, 미친놈들! 검사님을 직접 노리다니, 당연히 뿌리를 뽑아야죠."

박 기자는 한번 너스레를 떨고는 다시 고일문을 바라보았다.

"그러니까 검사님은 그 드론이 혹시 대현방산기술연구단지에서 새어 나간 건 아닌가 싶은 거죠?"

"그렇지."

"그런데 공식적으로는 도난품은 없다고 돼 있잖아요."

"그래. 그러니 궁금한 거야. 사실 공개적으로 말할 건 아니지. 그런 소문이라도 돌면 국가적 망신이니까."

"그건 그렇죠."

"그리고 아마도 정말 중요한 첨단 무기들은 회수했을 거야. 하지만 놈들도 마지막에 물품을 갖고 도주를 시도했었고, 그 과정에서 드론 몇 개 정도는 새어 나간 것 아닐까 싶기도 해."

"뭐, 있을 수 있는 일이겠네요."

"군용 드론이라고 해도 그 자체가 뭐 엄청난 건 아니잖아.

그냥 좀 조용히 떠다니는 정도고 시제품이었으니 군용 무기가 붙어 있던 것도 아니고.”

“검사님은 직접 보셨잖아요. 어떻던가요?”

그러자 고일문은 내키지 않는 듯한 연기를 했다. 그는 주위를 둘러보고 자네만 알고 있으란 듯이 고개를 가까이 대고 소리를 죽여 말했다.

“봤는데, 굉장히 조잡했어. 드론 자체는 괜찮은 거 같은데 사제 무기를 급조해 붙인 티가 역력하더군.”

“그래도 벌써 여섯이나 죽이지 않았나요?”

“그렇지. 난 그냥 죽어 줄 순 없어서 그걸 보자마자 옆의 의자를 던져 드론을 쳐 버렸어. 덕분에 그 엉성한 총기 비슷한 게 빗나갔고, 그래서 산 거야.”

“와. 대단하십니다!”

박 기자가 감탄하자 고일문은 살짝 웃으며 말했다.

“그런데 놈들이 어떻게 밀폐된 공간으로 드론을 집어넣는지 알아?”

“그러게요. 어떻게 그러죠? 드론에 팔이라도 달고 창문을 열기라도…….”

“궁금해? 나도 참 알려 주고 싶거든?”

고일문이 말하자 박 기자는 또 너스레를 떨며 웃었다.

"아, 네! 뭐, 알겠습니다. 뭘 궁금해하시는지 조금은 감이 웁니다."

그러고는 박 기자도 조금 언성을 낮추며 말했다.

"그거, 원래 보안 사항이라 취재하지 말라고 했지만 그래도 전 기자잖아요? 그래서 손 닿는 데까진 조사했었죠."

"그래? 뭐 알아낸 거라도 있어?"

"아뇨. 현장은 기밀 때문에 들어가 보지도 못했어요. 죽은 시체 구경조차도 못 했고요. 나중에 그 반체제 연구원……."

"민동훈?"

"아, 역시 기억력 좋으시네. 그놈 집하고 퇴직 기자 놈 부서진 집도 가 봤는데, 거기서도 유해조차 못 봤어요. 그만큼 철저하게 보안이 걸려 있었다고요."

"그럼 아는 게 없다는 거야?"

"헤헤. 그런데 말이죠, 그래도 현장을 직접 겪은 사람들은 몇 만나 봤습니다. 아무리 보안을 걸어도 현장에서 살아남은 사람들을 모두 가둬 둘 수는 없는 거 아닙니까?"

"그건 그렇지."

"그래서 연구 단지 보안 팀에서 일하던 사람을 취재해 봤는

데…… 그냥 그날은 제정신이 아니었대요. 어떻게 보안을 뚫었
는지 무장한 사람들이랑 차 여러 대가 있었고 그, 맹견이라고
있잖습니까? 경비용 로봇."

"그래, 있지."

"그것도 잠시 무력화됐었대요."

"무력화?"

고일문은 잠깐 생각해 보다가 말했다.

"뭔가로 쳐부순 게 아니라 무력화? 확실해?"

"헤헤. 그 사람이 봤대요. 놈들이 뭔가 이상한 걸 꺼내 쏘니
번쩍하고는 맹견 로봇이 빌빌거리다 푹 쓰러지더란 겁니다."

"파괴된 게 아니라?"

"네. 나중에 그 사람이 놈들 나가고 나서 다시 돌아와 봤
는데 그 맹견 로봇이 멀쩡히 다니더래요. 잠시 무력화됐던
거죠. 그 사람도 연구 단지 물 좀 먹은 사람이라 소형 EMP
(Electromagnetic pulse, 전자기 펄스) 같다고 하는데, 사실 이것도
보안 사항이라 말 안 하려는 걸 계속 말꼬리 잡아서 알아낸 겁
니다. 그 사람도 제발 말하지 말라고 사색이 돼서 부탁했는데
검사님이라서 말씀드린 거예요."

고일문은 좀 어이가 없었다.

"소형 EMP 무기…… 그런 게 정말 있다고?"

"없죠. 아직 군대에 채용된 건 없어요. 근데 뭐, 민동훈은 연구원이었으니 시제품이나 그런 걸 훔쳐 썼을지도 모르죠."

박 기자는 그렇게 쉽게 생각하는 것 같았지만 고일문의 생각은 좀 달랐다. 대현방산기술연구단지에 있는 기밀 무기들은 시제품이라도 엄중히 경비되고 있었다. 특히 양산품도 아니고 하나만 집중해서 개발 중인 시제품이라면 없어지자마자 난리가 날 터였다. 시제품 특성상 대체 불가능이기 때문이다.

'민동훈이 시제품, 그것도 EMP 병기 같은 특수한 물건을 마음대로 빼돌릴 수 있었다면 굳이 습격할 이유도 없잖아? 더 큰 뭔가를 빼내려 한 걸까? 아니, 무엇보다 민동훈은…….'

고일문은 이미 민동훈의 이전 경력을 훑어본 바 있다. 민동훈은 굉장히 다채로운 분야에 깍두기처럼 끼어서 개발을 했지만 그가 주도한 것은 하나도 없었다. 그의 일은 대부분 '이 선생'이라고 불리는 연구 단지의 선임 연구자 밑에서 행한 것이고 대부분은 화약이나 기계 관련이었다. EMP라면 전자 부문일 텐데 민동훈의 경력 어디에도 그에 대한 기술을 익힐 만한 기회는 없었다.

'앞뒤가 조금씩 안 맞아. 냄새가 나는데…….'

고일문이 잠시 생각하고 있자 그가 인상을 쓴 것으로 보았
는지 박 기자가 황급히 다른 말을 꺼냈다.

"아, 그렇죠. 검사님이 궁금하신 건 드론이죠. 그런데 전 사
실 그것도 나갈 수 있었다고 봐요."

"왜?"

"연구 단지 내부에서 총격전이 심하게 있었던 건 아시죠?
그래서 거의 다 죽고 알려진 셋만 남았는데, 이들이 차를 타고
도망을 쳤단 말이에요."

"그런데?"

"그런데 군부대에서 즉각 출동해서 이들을 잡을 뻔했었대
요."

"잡을 뻔했다니?"

"먼발치에서 트럭을 목격하고 무반동포(제2차 세계대전 때 미
국에서 개발한 대전차 공격용 포)인가 뭔가 쐈는데 빗나갔대요. 그
래서 놈들이 도주할 수 있었던 거거든요."

그러다가 박 기자는 다시 주변을 둘러보고 조심스레 말했다.

"그런데 그 당사자 군인을 만나 봤어요."

"무반동포를 쏜 병사 말인가?"

"네. 근데 굉장히 괴로워하더군요. 몇 달 내내 힘들어한 흔

적이 너무 역력해서 묻기도 미안했지만 별수 있습니까? 악착같이 캐물었죠."

"그랬더니?"

"자기가 놓쳐서 그들 가족까지 죽은 거라고 생각하는 것 같더라고요. 민동훈 그 자식, 완전 사이코잖아요. 지 마누라랑 애까지 같이 폭사했으니까요. 뭐, 유영인가 유령인가 하는 그놈도 그렇고, 토끼928인가도 지 할머니 끌어안고 자폭했다고 하니……. 그런데 그 친구는 자기가 실수 안 했으면 그놈들만 죽고 끝났을 건데, 그 가족까지 다 죽게 만든 게 자기 탓 같다고 너무 괴로워하더군요."

이것도 박 기자는 그럴 수 있다 생각하는 것 같았지만 고일문은 조금 이상한 점을 느꼈다.

'실수였다면 어쩔 수 없는 건데 굳이 그렇게까지 괴로워할 이유가 있을까? 잘은 몰라도 무반동포라면 구형 무기잖아. 자폭은 그 병사가 시킨 것도 아니고 혼자 책임질 일도 아닌데…….'

어느 정도 이해도 가지만 또 왠지 모르게 묘하게 이질적인 느낌이 들었다.

그런데 박 기자가 또 말을 이었다.

"아무튼 중요한 건 그렇게 군부대가 한번 놓쳤었다는 거죠. 그냥 도주했다고 하지만 전 놈들이 탄 게 큰 트럭이었다는 것도 들었거든요? 그러니 결국 훔친 물건들을 실은 채로 한동안 추적을 피했다는 거잖아요."

"그렇겠군."

"그렇다면 드론이나 그런 자질구레한 물건 몇 가지는 분실했을 수도 있지 않을까…… 아, 물론 공식적인 입장은 아닙니다만 충분히 그럴 수 있다고 생각해요."

고일문은 묵묵히 고개를 끄덕였다. 그렇다면 일부 군용 물품들이 빠져나왔을 가능성은 충분히 있었다. 그러나 거기서 끝이 아니다. 어떻게든 물품이 유출됐다 쳐도 그것이 다시 피엠의 손에 들어가는 것은 쉽지 않았다. 민동훈이 살아 있고 피엠이라면 아주 자연스럽다. 그러나 피엠이 다른 자라고 가정하면 군용 드론을 습득하는 과정은 복잡해진다.

'결국 민동훈이 피엠일 가능성이 점점 높아지는데.'

고일문은 속이 착잡해졌다. 민동훈이 살아 있다면 그와 더불어 이 모든 것을 은폐시키려는 자들도 존재할 확률이 높아졌다. 그리고 그게 사실이라면 그건 굉장히 광범위하고 큰 배후가 있음을 의미했다.

고일문은 저절로 긴장이 됐다. 그렇다면 함부로 사람을 쓰지도 못한다. 자신이 지휘하는 인력을 다 믿을 수는 없으니까. 오래 같이 일한 사람들도 있고 충직한 사람들도 있지만 방심은 금물이다. 일반 범죄자들과 타협할 이들은 아니지만 상부의 입김이라면 충분히 흔들릴 수 있는 사람들이라 생각했다.

그렇다고 겁을 먹고 물러날 만큼 고일문은 약하지 않았다. 아니, 스스로 그렇지 않다고 되뇌며 마음을 굳게 가지려 했다. 그리고 중요한 문제니만치 잘못 판단하지 않도록 몇 중으로 확인하고자 했다.

고일문은 박 기자에게서는 더 들을 만한 게 없다고 생각했다. 그는 그래도 만에 하나를 확인하자는 생각으로 박 기자가 말했던 무반동포 사수와 현장에서 EMP를 보았다는 경비의 인적 사항을 받아 휴대폰에 메모했다. 그리고 박 기자에게도 나름의 보답으로 피엠이 드론을 집 안으로 넣은 방법에 대해 귀띔해 주었다. 자신이 들어오는 순간에 따라 들어온 것이라고. 박 기자는 그저 어이없다는 듯 웃기만 했다.

박 기자를 보내고 나서 고일문은 다른 검사실의 아는 검사들에게 연락했다. 피엠이 사용한 것은 군용 드론이니 그런 기술이 누출된 경로나 암시장 같은 것이라도 알아볼 생각이었다.

물론 민동훈이 피엠이면 그런 것은 필요 없겠으나 확인이 필요했다.

직업 특성상 고일문은 친분이 있는 검사들이 많았다. 그렇기에 어느 정도 정보는 쉽게 얻어 낼 수 있었다. 사실 여기에는 피엠이 자신을 노리는 척해 준 것도 큰 도움이 됐다.

고일문에 대한 습격 소식은 언론을 통해 공개적으로 알려지지는 않았다. 국민들의 불안감을 가중시킬지 모르기 때문에 언론에 자제를 요청한 것이다. 고일문이 죽었다면 모르지만 생존했기에 그 편이 낫다는 판단이 내려졌다.

물론 그렇더라도 모두가 모르는 것은 아니었다. 당연히 위에는 보고했고 검찰청 내에서는 소문이 돌았다. 검사들이나 그들과 관련 있는 박 기자 같은 경우도 대강은 소문을 듣고 있었다. 그러다 보니 다른 검사들도 고일문에게 저절로 상당히 협조적이 됐다. 그래서 다른 부서에 있는 검사들도 다들 친절히 아는 것을 쉽게 알려 준 것이다. 고일문은 피엠이 이것까지 내다보았다는 것을 통해 그들이 꽤나 생각이 깊음을 인정하지 않을 수 없었다.

그럼에도 고일문의 조사는 실패했다. 고일문은 강력 범죄 수사부과 마약 수사과를 통해 무기를 취급하는 누군가가 있지 않은지 조사했다. 그러나 다른 것에는 모두 협조적으로 나오던 사람들도 이 문제에 대해서는 단호히 선을 그었다. 대한민국에 단순한 무기 브로커도 아니고 군용 시제품을 취급하는 놈은 절대 없다는 소리였다.

고일문은 그들의 완강한 거부에 오히려 약간 의아했다. 그러나 없다는데 더 할 말은 없었다. 그렇게 본다면 아무리 탈출 과정에서 군용 드론이 유출됐더라도 피엠이 습득할 가능성은 거의 불가능할 정도로 희박해졌다. 결국 그것을 다루는 것은 민동훈 본인이라는 결론밖에 나오지 않았다.

그 외에도 고일문은 대현방산기술연구단지 사건에 대해 약간의 조사를 더 했다. 그러나 공식적으로 직함을 들이밀 수 있는 선에서는 한계가 있었다. 무엇보다도 정보들이 너무 철저히 보호된다는 느낌을 받았다. 아무리 보안 문제가 있다지만 현직 검사가 정보의 단편도 얻지 못한다는 건 좀 문제가 있어 보였다.

'그렇다면 결국 민동훈과 그 일당이 정말 피엠이라고 봐야 하나?'

그러나 아직도 단정하기는 망설여졌다. 무엇보다도 그들이 언급한 증거품―메시지가 적힌 금속판―을 찾고 싶었다. 그것을 발견할 수만 있다면 확실해질 것이다.

하지만 이미 사라진 증거를 내놓으라고 따질 수도 없었다. 어떻게 그것의 존재를 알았는지 되물으면 답할 말이 없다. 어쩌면 피엠과 내통한 검사가 돼 버릴지도 몰랐다.

고일문은 신중하기로 했다. 망설이던 그는 결국 가장 보고 싶지 않지만 동시에 가장 믿을 수 있는 사람의 협조를 구하기로 했다.

"당신이 연락할 줄은 몰랐는데."

최소희, 통칭 닥터 최로 불리는 여인이 고일문의 앞에 거만하게 다리를 꼰 채 앉아 말했다.

그녀의 눈빛은 호기심과 경멸감이 반반 정도 뒤섞인 복잡한 색을 띠고 있었다. 그러나 고일문은 그녀의 눈을 쳐다보지도 않았다. 그럴 필요도 없었던 것이다. 그는 그녀에 대해서는 아주 잘 알았다. 그녀는 바로 고일문의 이혼한 전처였으니까.

"일 때문이야."

"그 잘난 일?"

"당신이 날 싫어한다는 건 잘 알고 있지만, 달리 찾을 사람이 없었어."

"하! 사람을 억지로 불러 놓고 고작 한다는 소리가?"

최소희는 살짝 기분이 상한 듯 보였다. 사실 고일문도 껄끄럽기는 마찬가지였다. 이혼한 배우자만큼 다시 마주치기조차 껄끄러운 사람은 드물 것이다. 그러나 고일문은 반드시 그녀의 협력이 필요했다.

"웬만한 일이라면 당신에게 부탁하지도 않아. 내 개인적인 문제였다면 더더욱."

"뭐, 옛정을 생각해서 도와 달라고 하는 건가?"

"옛정이라…… 그런 게 우리 사이에 있을까? 아니, 있어 본 적은 있을까?"

그러자 소희는 화를 냈다.

"당신이야 그렇겠지만 난 안 그랬다고! 이젠 당신 얼굴 보는 것만도 지긋지긋해!"

"그럼 왜 나왔어?"

그 말에 소희는 대답하지 않았다. 사실 둘이 이혼한 지는 몇 개월이 채 되지 않았다. 혹시 그사이 고일문의 마음이 변했을지 모른다는 기대라도 한 것일까?

그러나 고일문은 마음이 변한 게 아니었다. 이유는 확실했다. 고일문이 단도직입적으로 말했다.

"부탁할 것이 있어. 아주 중요한 일이야."

그리고 고일문은 주변을 살펴보았다. 일부러 한적한 시간에 한적한 보통의 카페를 약속 장소로 골랐다. 아직 그가 추적당하거나 도청당하고 있을 것 같지는 않았지만 그래도 조심해야 했다.

"다른 사람 알아보지 그래?"

"당신보다 믿을 만한 사람은 없어."

"어이가 없네. 난 당신을 망가뜨리고 싶단 생각 못 할 것 같아?"

"당신이 그런 타입이 아니란 것 정도는 확신하고 있지. 무엇보다 아주 큰일이고, 누구도 믿을 수가 없어."

"당신 잘난 부하들 많잖아."

"확인해 보기 전엔 안 돼. 그리고 난 지금은 그들보다 국과수에 깊숙이 들어갈 수 있는 사람이 필요해."

"내가 국과수에 다니기 때문에 이용하려는 거야?"

"이용이 아니야. 협조를 부탁하는 거지."

"하, 기가 막혀서. 거기는 내 직장이라고. 그런데 뒷조사라도 하라는 거야?"

"비슷해."

"아니, 정말이야?"

“그래, 정말이야.”

“어이가 없네? 그러려면 무슨 공문이나 영장이라도 갖고 오라고.”

“그럴 수 없는 일이니 이러잖아.”

“당신, 뭐 누구랑 결탁이라도 했어? 돈은 많이 받았고?”

그러자 고일문은 웃지도 않고 말했다.

“내가 당신 마음에 안 드는 건 잘 알지. 하지만 내가 그런 놈은 아니잖아.”

“……하긴, 그럴 주변도 없지.”

“당신이 다른 건 몰라도 일단 한번 한 말은 지키는 사람이란 것과 같아.”

“이혼한 걸 말하는 건가? 지금 비꼬는 거야?”

“그럴 만한 머리가 없다는 거 잘 알잖아. 정말 중요한 일이라서 당신에게 부탁하고 싶은 거야. 내 한 몸 안위를 위해 부탁 따위를 하는 게 아니고.”

소희는 의외라는 듯 한동안 고일문을 말없이 바라보더니 한숨을 쉬었다.

“뭐, 어지간히 급하신 거 같은데 한번 들어나 볼까?”

비록 갈라서긴 했지만 고일문과 그녀는 서로에 대해 잘 알았다. 둘 다 지나칠 정도로 고집불통이라는 것을 말이다. 타협 따위는 통하지도 않고, 주변 사람들에게 환영받지 못한다는 것까지도. 그들은 오로지 외곬으로 살아왔기에 서로를 원했다가도 또 그만큼 싫어하게 됐다. 그러고 나니 적어도 상대를 속속들이 알게 돼 경우에 따라서는 서로를 신뢰하게 됐는지도 모른다.

고일문은 그녀가 일단 수긍하는 것 같아서 조심스레 말했다.

"이상한 일을 부탁하니만큼 당신에게만은 하나도 숨기지 않을게. 다만 좀 길어질 수 있는 이야기이니 자리를 옮기자고. 시간은 있어?"

"너무 길게는 안 돼."

"알았어."

고일문은 건조하게 대답한 뒤 먼저 몸을 일으키며 작은 목소리로 속삭이듯 말했다.

"그리고 상당히 위험할 수도 있어. 그러니 절대 비밀을 지켜야 하고 누구에게도 티조차 내서는 안 돼."

"……위험? 당신 검사잖아. 그런데도 위험하다니……?"

"우선 자리 좀 옮겨서 이야기해."

피엠의 습격 이후, 고일문은 내부에서 입지가 조금은 강화됐다. 아직까지 누구도 벗어나지 못했던 피엠의 마수에서 살아난 최초의 인물이자, 드론 등 놈들의 방식에 대해 많은 물증까지 쥔 용감한 검사로 인정받은 것이다. 물론 아직까지는 외부로의 정보 노출은 하지 않았지만 적어도 내부적으로 그의 입지가 강화된 것만은 사실이었다.

고일문은 일부러 더 분노하는 척하며 그들을 반드시 잡고야 말겠다고 의지를 불태우는 시늉을 했다. 사실 시늉이 아니라 어느 정도는 본심이었다. 물론 피엠의 말에 어느 정도 일리가 있었고 뭔가 거대한 흑막이 존재한다는 경계심도 들었다. 또 자신을 해치지 않고 증거를 말해 준 것도 나쁘지는 않았지만 그렇다고 사람을 여럿 죽인 그들을 봐줄 생각 따위는 없었다. 다만 그들이 말한 것이 사실인지, 정말 드러나지 않은 심각한 배후가 있는지 판단해 보는 것이 먼저였다.

그리고 그가 내린 결론은……

"말도 안 돼!"

근처 안전한 식당의 독립된 룸에서 고일문이 아는 사실을 다 털어놓았을 때 소희는 믿을 수 없다는 듯 말했다.

그러자 고일문이 힘겹게 대답했다.

"나도 믿기 힘들었어."

"아니, 그보다 피엠이 당신에게 드론을 보냈다고? 그런데 해치지도 않았고?"

"걱정해 주는 거야? 그래, 이미 말했듯이 그들은 그러지 않았지. 오히려 내게 몇몇 정보를 흘려주었고."

"아니, 이게 말도 안 되잖아. 피엠이 대현방산기술연구단지 습격 때 죽은 사람들이라니."

고일문은 한숨을 한 번 쉬었다.

"나도 처음엔 말도 안 된다고 생각했어. 근데 생각해 봐. 여긴 대한민국이고 화약이나 무기류는 극도로 제한받는 국가야. 그런데 피엠은 도대체 어디서 그런 기묘한 군용 기술을 가져와 범행에 쓰는 건지, 그 이야기대로면 어느 정도 납득 가능하잖아?"

그 말에 소희도 고개를 조금 갸웃했다.

"좀…… 설득력은 있네. 안 그래도 국과수 내에서 소문이 돌긴 해."

"어떤 소문?"

"피엠이 쓰는 도구가 다소 조잡해 보여도 베이스가 되는 기술은 군용 기술, 그것도 실무자 선에서만 접근 가능한 기술 같다고들 해. 가령 드론에서 쐈다는 그 발사체, 언뜻 보면 일반 총알 같아 보이지만 원리가 아예 달라."

"피해자들 두개골 안이 완전 헤집어진 걸 보고 나도 이상하다곤 생각했어. 그런데 어떻게 다르지?"

"나도 그건 전공이 아니고 맡은 일도 아니라 자세히는 몰라. 담당자가 한 번 말하는 걸 들었는데 대전차탄(對戰車彈)의 원리를 응용한 거라더군. 두꺼운 장갑판 뚫는."

"그냥 총도 아니고 대전차탄?"

"그런데 굉장히 작기까지 하니 일반인 선에서는 어림도 없는 기술이라고 해. 그래서 해당 기술 관련 실무자들을 조사하는 게 좋겠다고 보고서를 쓰고 있댔어. 그런데 이미 죽은 사람이라니……."

"그러니 더 말이 되잖아. 난 이름까지 직접 들었어. 민동훈이라고."

"일종의 고정간첩이라던데…… 기밀 빼돌리다가 발각될 것 같으니 가족까지 죽이면서 전부 자폭했다고……."

"그렇게 알고 있었지. 하지만 그는 분명 자신이 민동훈이라고 했고 원한이나 복수심에 불타고 있는 것 같았어. 물론 범죄

심리 분야는 당신 전공이니 내가 단언할 수 없지만 일단 내 귀에는 그렇게 들렸어."

"그럼 그 모든 게 조작이란 소리야? 말은 되는 것 같아도 너무 터무니없잖아?"

그러자 고일문도 답답한 듯 테이블 위의 냅킨을 의미 없이 만지작거리며 대답했다.

"그렇지. 사건 전체를 은폐한 셈인데 이게 가능한 일이야? 믿을 수 없지."

"만약 가능하다면 그냥 나라 전체가 개입한 것 아닌가?"

"그건 또 민감한 문제지만 아마 아닌 것 같아. 대현방산기술연구단지 사건은 엄연히 기밀 사항이기에 보안이나 외부 노출, 자료 접근 등이 합법적으로 통제될 수 있었어."

"통제될 수 있다는 건 조작하기도 쉽다는 뜻?"

"그렇지."

"그렇다면 누군가 민동훈에게 죄를 뒤집어씌웠다는 뜻이야?"

"아직 단정 내릴 수는 없지만 그럴 가능성도 있다고 봐. 그리고 이렇게 보안으로 정보를 막아 버리면 언론이나 일반 사회에서도 이의를 제기할 수 없지. 문제를 제기할 수 있는 건 유가족 정도인데…….”

“그럼 민동훈의 가족도 그 누군가가 죽였다는 거야?”

“영화에서는 흔히 나오는 일이잖아. 뭐, 외국 갱단 같은 것들이야 노상 하는 짓이고.”

“그래도 이건 차원이 다르잖아. 국가적 차원의 조작인데.”

“국가라고 조작을 안 하란 법은 없지. 그런데 난 말했다시피 국가 전체가 그랬다고는 보지 않아. 정부가 이런 짓을 해서 얻을 게 대체 뭐겠어? 자국의 방산을 일부러 건드리고 유능한 인력의 가족까지 말살하는 게 얼마나 위험한 일인데.”

“어쩌면 그게 더 큰 문제 같은데? 국가도 아니면서 국가를 마음대로 휘두르는 조직이 있다는 게?”

“민동훈도 그런 이야기를 언뜻 했어. 그는 패거리라고 표현했지만, 일련의 조직이 있다고.”

“뭐, 엄청나네. 들으면 들을수록 말도 안 되는 것 같은데.”

“그러니 당신 도움이 필요한 거야. 일단 사실을 확인하기 위해서라도.”

“무슨 도움?”

“그들이 증거품에 대해 말했어. 직접 메시지를 전달하기 위해 현장에 남겼다고. 그런데 내가 아는 증거품과는 완전히 달랐거든. 피엠이 직접 말해 주지 않았다면 난 꿈에도 생각 못 했을 거야.”

“어떻게 다른데?”

“내가 보고받은 건 종이에 쓴 서명과 무의미한 몇 마디 메시지 정도였는데, 그들은 메시지가 손상되지 않게 금속판에 글을 새겨서 남겼다더군. 특히 피해자들의 숨겨진 직업이랄까? 하여간 그런 것들과…….”

고일문은 잠시 기억을 돌이켜 보고 천천히 말했다.

“착한 네가 참아.”

“뭐라고?”

“그 말로 날 시험했어. 그 소리를 무척 싫어하고 세상의 많은 문제는 그 말에 담긴 의식 때문이라 생각하더군. 그래서 금속판에도 그걸 써 뒀다는데 내가 받은 보고에는 그런 증거물도, 그런 글귀도 없었어.”

“그들이 생각하는 악한 말을 시금석처럼 쓴 거네.”

“그렇지. 그러니 이런 글귀가 쓰인 작은 금속판들을 찾으면 될 거야. 한데 그런 걸 현장에서 빼돌리는 게 가능할까?”

소희는 조금 인상을 쓰며 생각하다 입을 다시 열었다.

“어이가 없지만, 불가능한 건 아닐 거야. 수사관들이 마음만 먹으면 증거품을 조작하거나 빼돌리는 건 있을 수 있는 일이야. 외부인은 거의 힘들겠지만 솔직히 내부에서는 가능해. 그런 미친 짓을 하는 사람은 거의 없지만.”

“내부에서의 행동은 생각보다 쉽지. 그러니 가능성은 있는 거잖아.”

“피엠 사건은 떠들썩해. 내가 담당한 것도 아니고. 당장 수사 중인 증거품에 접근하는 게 쉽지는 않을 거야.”

그러면서 소희는 다시 고개를 저었다.

“난 그렇게 대단한 사람이 아니야. 국과수 다른 팀의 방에도 함부로 출입할 수 없고.”

고일문은 눈을 빛냈다.

“아니, 오히려 가능할 거라 생각해.”

“왜?”

“피엠의 말대로라면 그들이 쥐고 있는 증거품은 가짜야. 당연히 엄중한 보안으로 지켜지는 것들도 가짜 증거품들일 거고. 반면에 진짜 증거품을 빼돌린 거라면, 그건 공식 보안 절차에 들어가 있지 않을 거 아니야?”

소희가 고개를 끄덕였다.

“그건…… 그렇겠네.”

"다만 걱정되는 건 원래의 증거품을 파기했을 경우인데 그 래도 여러 개라니 하나는……."

그 말에 소희는 고개를 저었다.

"보통 그렇게 쉽게 버리진 않아."

"음? 어째서?"

"그 말대로라면 그건 일종의 범죄 가담이잖아. 그렇다면 자 기 살길은 하나 정도 만들어 두고 싶은 게 사람 심리지. 특히 증거품에 손댈 수 있는 사람이라면 경찰이나 수사관 계열인데 직업적 습관 때문에라도 그런 걸 쉽게 처리하지 못할 거야. 아 마 잘 감춰 뒀겠지."

"그런가? 그럼 집이라도 뒤져야 하나?"

소희가 다시 웃었다.

"그거야 모르지. 개인적인 목적이라면 집에 두겠지만 이건 위에서 시킨 건이라며? 그럼 아마 기간 지난 증거품을 모아 두 는 창고에 몰래 뒀을 가능성이 높아. 보안도 꽤 되는 데다가 원 래 나무를 숨기려면 숲에 숨기라고 하니까. 물론 그들 말이 다 맞을 경우에만 해당되겠지. 난 이렇게 생각하지만 틀릴 수도 있어."

"찾아봐 줄 수 있겠어?"

“심장이 두근두근하는 기분도 오랜만인데 한번 해 보지, 뭐. 다만 못 찾으면 그걸로 땡이야.”

“알았어.”

“그거면 되는 거야? 연구 단지 쪽은 알고 싶은 거 없어?”

“그건 이미 시도해 봤는데 모조리 군 보안에 걸려서 정보 접근이 불가능했어. 그런데…….”

고일문은 복잡한 표정을 지었다.

“너무 깔끔하게 차단돼 있어서 오히려 의문이 들더군. 아무리 군 보안이 걸려도 내 직함이면 어느 정도는 볼 수 있을 텐데 일부러 감춘다는 느낌이 들 정도로 다 막혀 있어서 오히려 수상했어. 아마 당신도 마찬가지로 그쪽은 쉽게 볼 수 없을 거야.”

“그럼 뭔가 밝히기도 쉽지 않을 텐데.”

“나름대로 생각이 있어. 그러나 꽤 무리해야 하니 지금 당장 그러고 싶진 않군. 일단 그들 말을 확인한 연후에 캐 보든지 해야겠어.”

그러자 소희가 다시 말했다.

“근데 민동훈이 살았다면 군 보안 얽힌 거 말고도 꽤 복잡해지는 게…… 그때 DNA 감정도 했을 거 아니야? 그래서 사망 선고도 한 걸 테고.”

"그렇겠지."

"그럼 의료계 쪽도 선이 닿았단 소린데…… 기가 막히네. 이 것도 알아볼게. 물론 무리하지 않는 선에서."

"고맙군."

"당신을 위해서가 아니야. 이런 일이 벌어지는 걸 그냥 멍하니 지켜만 볼 정도로 정신이 썩진 않았다고. 오랜만에 심장도 두근거린다고 했잖아."

"당신, 그런 사람이었지. 솔직히 그런 면을 존경했어."

"그러면서도 싫어했지. 내가 당신의 고지식함을 그렇게 생각하는 것만큼."

그러면서 소희는 자리에서 일어섰다.

밖에서 개인적으로 조사를 진행하면서도 고일문은 공식적인 수사 팀을 며칠간 계속 지휘했다. 그러나 당연히 진척이 있을 리 없었다. 피엠이 어떤 자들인지 조사하는 데 모든 인원이 동원되고 있었다. 그러나 이미 죽은 것으로 공식 처리된 자들이 수사선상에 오를 리 없다. 이미 고일문은 민동훈과 그 일당이 피엠이라고 반쯤 생각하고 있었지만 부하들에게도 섣불리 발설할 수 없었다.

'죄책감 생기는데.'

마음이 불편한 한편, 고일문의 마음속에서는 대놓고 헛수고를 시키고 있는 상부에 대한 의심과 불만이 점점 커져 갔다. 하지만 신중해야 했기에 고일문은 성과가 나올 수 없는 조사에 매진하는 듯한 모습을 억지로 지어내 보였다. 습격까지 당한 상태이니 흥분한 척 보여야 했고 이게 몹시 힘들었다.

'피엠 놈들이 내게 독박을 씌운 꼴이군. 꼼짝도 못 하게 만들었잖아.'

그렇더라도 만에 하나 그들의 말이 사실이라면 결코 그냥 넘어가서는 안 된다고 생각했다. 몹시 위험하긴 해도 정말 벌어진 일이라면 캐내고야 말겠다고 계속 마음을 다잡았다.

반연기로 하는 업무는 평소보다도 더욱 피곤했다. 고일문은 녹초가 돼 퇴근한 다음 집으로 돌아왔다. 고일문은 문을 열기 전에 주변을 유심히 둘러보았다. 눈높이만 보는 게 아니라 드론이 들어올 수 있는 머리 위나 아래 등을 꼼꼼히 살폈다. 피엠이 또 노리지는 않는다고 했지만 그래야 마음이 편했다.

집 안은 평소와 다름없었다. 피엠의 습격으로 생긴 잔해는 싹 치웠다. 다만 아직 벽지나 바닥까지 교체할 마음의 여유는 없었기에 흔적은 남아 있었다. 감식반이 집 안을 들쑤시는 것을 좋아하지 않았기에 드론 잔해와 소파만 수거해 가게 하고 말았기 때문이다.

사실 고일문은 소희와 이혼한 후 심적으로 꽤 고통받고 있었다. 그 후유증은 너절하게 어지러워진 집 안 모습으로 대변되는 것 같았다. 빈 술병과 제대로 치우지 않은 배달 음식 그릇, 봉지 등이 한편에 어질러져 있었다. 고일문은 일과 고민으로 인해 그것들을 굳이 치울 생각조차 하지 않았지만 창피스럽기는 했다. 그래서 감식반도 대강 둘러대 쫓아내다시피 한 것이다. 그러나 남은 쓰레기들은 아직도 치우지 않았다.

옷도 벗지 않은 채 고일문은 바닥에 주저앉았다. 지난번 습격으로 소파가 터져 나갔기에 앉을 곳이 마땅치 않았던 것이다. 잠시 생각을 정리하는데 전화가 왔다. 소희였다.

"뭐 좀 찾은 게 있어?"

고일문은 기대하며 물었지만 소희의 대답은 실망스러웠다.

[아니. 국과수 증거품실을 상당히 꼼꼼히 뒤졌는데 없더라고. 내 생각보다 더 깊이 감춘 것 같아.]

"그랬나? 할 수 없지."

그러나 소희는 이어서 말했다.

[찾지는 못했지만 그것뿐이라면 왜 전화했겠어? 뭔가 석연

치 않은 걸 좀 알아냈어. 피엠 사건 현장에 나간 감식반 기록을 봤는데 말야…….]

"그게 어땠는데?"

[여기저기서 일어난 일이니 감식반도 항상 같을 수 없지. 그런데도 불구하고 꾸준히 현장에 제일 먼저 달려간 사람이 있더군. 흥미롭지 않아?]

"여섯 번 모두?"

[응. 심지어는 비번이었는데도 앞장서서 달려와서 제일 선두에 섰어.]

"……수상하네. 감식반에서 증거물을 챙기면 누구도 모르겠지."

[그렇지.]

"그게 누구야?"

[임현배 박사라고, 감식반 고참이야. 나도 안면이 좀 있고.]

"아, 그 사람이라면 나도 알 것 같아."

[솔직히 좋은 사람이라 생각했는데 마음이 좋진 않네.]

"증거품을 그렇게 빼돌리는 건 중죄야."

[응. 그렇지만 공개적으로 다루는 건 곤란하지 않나?]

"그렇긴 하지. 그래도 그냥 둘 순 없어. 어떻게 할지는 좀 생각해 볼게."

[그리고…….]

소희는 다시 덧붙여 말했다.

[……민동훈 등 관련 사망자들 유전자 감식과 사망 판정 결과도 좀 묘해.]

"조작된 거야?"

[그건 아니고. 검사 결과는 사건 현장에서 나온 혈흔과 그들의 집에서 채취한 유전자를 대조한 건데 차이는 없어. 유전자 감식상으로 완벽하게 일치하지.]

"그런데?"

[문제는 혈흔이 대현방산기술연구단지 내에서 채취한 샘플이 전부란 거야. 사망 장소인 집에서도 혈흔이 나왔는지는 애매해. 보고서에 누락돼 있어.]

"무슨 말인지 잘 모르겠군."

[듣기 좀 끔찍할 수 있어.]

"상관없어."

[그러니까 민동훈의 경우, 자폭해 몸이 박살 나서 육편이 돼 버렸다고 보고서에 쓰여 있지. 그런데 정말로 대폭발이 아니고서야 사람이 완전히 박살 나 없어지기는 어렵거든. 그의

가족들의 경우는 손상이 심하긴 해도 큰 형체들이 남아 있었
는데 민동훈, 유영, 토끼928, 이 셋은 아주 몸이 조각조각이 나
서 형체도 거의 안 남았다고 돼 있어. 그런데 원래 그들이 살던
집이니 유전자 흔적은 당연히 많이 있을 거잖아.]

"그렇겠지."

[그러니 공식 사망 선고는 내려졌는데 정작 시체도, 혈흔도
남아 있지 않아. 원래 일을 이렇게 처리하는 게 아닌데 너무 대
강 했어. 더구나 이 감식은 국과수에서 한 것도 아니야.]

"그러면 어디서?"

[J병원에서 했어. 원래 국과수 일이 바쁘면 외부에 협조를
구하는 경우가 없는 건 아닌데 이런 큰 사건의 중요한 감식을
그 정도 병원에서, 그것도 이렇게 약식으로 한 게 이상하단 말
이지. 그리고 공교롭게도…… 감식반 임현배 박사가 의사일 때
근무했던 곳이 J병원이야. 지금도 이사 격으로 자주 오가는 걸
로 알고 있고.]

소희는 잠시 말을 끊었다. 그러다가 다시 천천히 말했다.

[당신 때문인지 나도 의심병이 도진 것 같다고. 이거 어떡해?
의심은 가지만 그럴 수밖에 없었다고 하면 그렇게 받아들일 수
밖에 없잖아. 영장을 들이밀거나 잡아넣고 취조할 수 있어?]

“아무래도…… 좀 어렵겠지. 뭔가 증거가 있어야지.”

[근데 그 증거라고 할 만한 게 없어. 더구나 공개적으로 수사할 수도 없잖아?]

“그건 곤란하지.”

[그러니까 애매하다고. 여기까지가 한계인 것도 같고…….]

“임현배 박사를 조사해 봐야 하나.”

[무슨 명목으로?]

소희는 속이 상했다. 자신도 이건 틀림없이 뭔가 있다고 생각이 드는데 할 수 있는 것이 없었다. 고일문이 아무리 검사라도 영장이나 증거로 삼을 게 없는 상황에서는 무력하기만 했다.

“내가 방법을 찾아볼게. 그때까지는 가만있어.”

[알았어.]

고일문은 인상을 쓰며 전화를 끊었다. 그리고 머리를 쥐어뜯었다. 상대는 결코 만만하지 않았다. 뭔가 냄새는 심하게 나지만 대놓고 추궁할 방법도 명분도 없는 것이다. 고일문은 자신도 모르게 중얼거렸다.

“아…… 이래선 안 되는데…….”

그러나 고일문은 까맣게 모르고 있었다. 바로 그의 걱정을 해소시켜 줄, 또는 그의 고민을 더 크게 확대시켜 줄 자들이 이 모든 대화를 듣고 있었다는 것을.

물론 그들은 바로 피엠이었다.

"야, 야, 고 검사가 한 건 했다."

동훈이 웃으며 소리쳤다. 그러면서 귀에 꽂았던 이어폰을 거칠게 빼냈다.

그들은 인공지능 전차의 추적을 간신히 피한 후 지방을 전전하며 차를 수리했다. 대놓고 맡길 수도 없어서 공구와 용접 장비, 페인트 등을 구입해 대강 차를 수리한 다음 다시 고일문의 집 근처에 와서 며칠을 기다리고 있었던 것이다. 바로 이 순간을 위해서였다.

동훈이 드론을 보낸 건 단순히 고일문과 대화하기 위해서만은 아니었다. 고일문은 까맣게 모르고 있었지만 그 드론에는 작은 도청 장치도 달려 있었다. 원래는 드론으로 대화할 때 수신기 역할을 하는 부품인데, 그게 애초부터 도청 장치를 개조한 것이라 동훈은 그것을 전자석으로 분리할 수 있게 만들어 두었다. 처음 드론을 투입했을 때는 떨어뜨리지 않았지만, 고일문과 이야기를 하다 보니 그가 유용할 것 같다 판단되어 대화가 끝나갈 무렵 그것을 슬쩍 떨어뜨려 둔 것이다.

동훈이 그렇게 한 이유는 고일문에게서 타깃들의 정보를 더 얻어 낼 수 있을까 해서였다. 해커인 희수의 실력은 대단했지만 그것만으로는 알아낼 수 있는 게 한정적이었다. 녀석들은 대부분 자취를 감추었고 그나마 찾아낸 놈을 시작점 삼아 해킹으로 역추적해서 몇 명을 알아냈다. 지금까지 처리한 자들, 즉 이준원을 비롯해 김석명 등이 바로 그렇게 알아낸 끄나풀들로 자금책을 비롯해 도주나 피난처 담당 등 녀석들의 뒷배를 봐주는 자들이었다. 고일문은 그들 사이의 연관성을 찾기 어렵겠지만, 피엠은 희수의 해킹으로 휴대폰을 털어 칡뿌리들추듯 역으로 거슬러 올라간 것이기에 그들의 관계를 손쉽게 알 수 있었다.

그러나 거기서 끝이었다. 실제 손발이 돼 움직이는 자들이긴 해도 그들은 그저 사주받거나 막연한 지시에 따라 움직이는 말단 세포들일 뿐이었다. 그래서 그들을 직접 대면해야 할 필요성도 느끼지 못했다. 보란 듯 시끄럽게 처치한 것도 배후에 있는 자들을 놀라게 하기 위해서였지만 그게 할 수 있는 일의 전부였다. 피엠은 너무 무력했고 공개적으로 모습조차 드러내기도 힘들었다. 하물며 위험한 자들의 뒷조사라니 어림도 없는 일이었다.

고일문은 달랐다. 그는 검사고 직접 수사권도 가지고 있었다. 사회적 권력도 있고 발도 넓으며 신분 덕분에 뭐라도 캐낼 수 있었다. 그렇게 동훈은 반신반의하며 모험을 한 것이다.

사실 동훈은 도청 장치를 떨어뜨린 직후 후회하긴 했다. 생각해 보니 잘 숨긴 것도 아니고 대강 떨어뜨려 굴려 놓은 것에 불과했기에 금방 발각될 수도 있기 때문이었다. 드론을 발사하고 자폭까지 시켰으니, 감식반이 뒤져서 금방 찾아낼 것만 같았다. 바보짓을 했다고 동훈은 혼자 불안해했다.

그러나 운이 좋게도 감식반은 도청 장치를 발견하지 못했다. 고일문이 검사인 데다 그가 혐의가 있는 것도 아니므로 세밀히 집을 뒤지지 않은 것이다.

드론을 통해 본 고일문의 집 내부는 가구들이 좋긴 하나 어딘가 좀 너저분하고 난잡하기도 했다. 오랫동안 청소하지 않은 것으로 보였다. 아마 뭔가로 인해 심한 스트레스를 받는 중 아닐까 하고 동훈은 생각했다. 그도 비슷한 경험이 있었기 때문이다.

아무튼 정말 운이 좋게 도청 장치는 발각되지 않은 채 무사히 작동했고, 드디어 오늘 성과를 거두었다. 고일문의 통화를 엿들어 적과 연결될 수 있는 단서를 얻은 것이다. 성과가 있다는 생각에 동훈은 저절로 미친놈 같은 웃음이 새어 나왔다. 과거 그가 짓던 웃음은 아니었다. 자기도 모르게 뒤틀리고 조롱하는 듯한 웃음이 폐에서부터 실실 새어 나왔다. 동훈은 스스로가 조금씩 미쳐 가는 것 같다고 생각했다. 그러나 상관없었다. 이제 와서 그런 정도는 관심을 둘 만한 가치조차 없는 일이었다.

그런 동훈을 보고 희수는 멍하니 말했다.

"웃음이 나와? 괴물 전차에다 인공지능한테까지 쫓겼으면서도?"

"그건 그거고 이건 이거지."

"너 웃는 거 이상해. 제정신 아닌 거 같아 보여."

"이상하건 말건. 우리가 제정신일 수가 있어? 넌 정상 같아?"

동훈은 다시 실실 웃으며 말했다.

"우선 임현배 박사라는 감식반 고참의 정보 좀 찾아봐. 그리고 J병원 자료도 좀 털어 보고."

"난데없이 왜?"

"고 검사 통화를 엿들었는데 그놈이 우리를 죽은 걸로 꾸미는 데 협조한 놈인가 봐. 우리가 남겼던 메시지도 바꿔치기한 놈이고.”

“개새끼네.”

“그렇지. 그리고 지금까지 처리한 조무래기보다는 높을 거야. 의사 같은데, 의사라는 새끼가 이런 짓에나 가담해?”

“의사도 뭐 사람 나름이지. 어디에나 개새끼들은 있잖아.”

“그래도 의사는 사명감이란 게 있어야 하잖아. 그렇다고 생각해서 존중해 주고 대우해 주는 건데, 그걸 당연한 자기 권리처럼만 생각하는 것들도 많다는 게 영…….”

“파업도 하지.”

“그래. 개나 소나 여차하면 파업이야. 환자는 죽고 사는 문제가 걸려 있는데 자기들 권리 내세워서 뭐든 막 나가지. 같이 산다는 거 다 까먹고 자기밖에 모르는 것 같아. 나라가 어떻게 되려고…….”

“폭탄 살인마가 할 소리 같진 않은데.”

그때 영이 차 뒷문을 열고 화물칸 안으로 들어왔다. 그는 양손으로 답답한 듯 마스크와 선글라스를 한꺼번에 벗으며 말했다.

“왜들 떠들어? 뭐 좀 알아냈나?”

영은 마스크와 선글라스뿐 아니라 덮어쓴 모자 밑에 가발까지 겹쳐 쓰고 있던 터였다. 운전을 하니 용모가 눈에 뜨일 수 있어서 빈틈없이 얼굴을 가려야만 했던 것이다. 그래도 코로나 이후로는 마스크를 쓰고 다니는 것이 흔한 일이 돼 별다른 의심을 받지는 않았다.

심지어 영은 어깨에도 뽕을 넣어서 체구도 다르게 보이게 만들었고 굽이 아주 높은 구두를 신고 깔창까지 덧붙여서 키도 어느 정도 위장하고 있었다. 드론이나 장비를 만지는 동훈과 해킹에 몰두해야 하는 희수보다 시간이 남는 편이라 영은 변장한 채 거의 모든 생필품이나 필요한 것들을 구입하는 일도 도맡곤 했다.

"그래. 할 일 생겼다. 내가 전에 말했지? 다 생각이 있다고. 고 검사 통해서 이렇게 성과도 올리잖아. 한 놈 찾았어."

"어떤 놈인데? 미스터 정이나 그 패거리냐?"

"그놈들은 꼭꼭 숨었을 테니 통 찾기 어렵고……."

"전에 기태란 놈 번호도 알았는데 추적 안 돼?"

그러면서 영이 희수를 돌아보자 희수는 고개를 저었다.

"추적할 수 있게 준비는 해 뒀는데 놈이 휴대폰을 안 켜."

"눈치챈 것 아냐?"

“모르지. 그만둘까?”

“아니. 그래도 좀 기다려 보자고.”

그러자 동훈이 말했다.

“혹시 모르니 기태 번호는 일단 주시만 하자. 놈들 일할 때만 연락 주고받는 휴대폰일지도 모르잖아.”

희수가 고개를 끄덕였다.

“그럴 수도 있겠네. 알았어. 다른 휴대폰하고 연결되게 해 볼게.”

“아무튼 그놈들은 숨어 지내고 있지만 놈들이 전부는 아닐 거야. 우리를 죽은 걸로 조작하고 증거품인 메시지까지 빼돌리는 윗선이 있을 테니까. 임 박사는 한패거나 최소한 뭔가 알 거야. 고 검사가 캐낸 거니 믿을 만할 거 같아.”

그 말에 영도 눈빛을 번득였다.

“또 드론 써서 날려 버릴 거냐?”

동훈은 고개를 저었다.

“아니, 이번엔 좀 다르게 갈 거야. 물어볼 게 많아서.”

“물어본다고?”

“그래야지. 드론 갖고 머릿속 생각을 알아낼 수 있겠어?”

“그럼 어떻게 알아내?”

"직접 물어봐야 할 것 같아. 준비 좀 하고 내일쯤 가자고."

"무슨 준비? 다 해 둔 거 아니었어?"

"배터리 충전해야지. 시간 좀 걸리니까."

사실 희수가 쓰는 전자 장비들도 많아서 탑차 안에는 상당량의 자동차 배터리들이 쌓여 있었다. 좀 과한 감이 없지 않았지만 나름대로 대비를 해 두는 셈이니 굳이 반박하지는 않았다.

운전은 영에게 맡기듯 희수의 장비들에 대해서도 영이나 동훈은 토 달지 않았다. 또 드론이나 무기류, 장비에 관해선 아무도 동훈에게 토 달지 않았다. 아지트에 있는 것들 외에도 차에 항상 싣고 다니는 조금 커다란 상자들이 몇 개 있었는데 그것들에 대해서도 영이나 희수는 심드렁했다. 그러니 배터리도 굳이 신경 쓰지 않았다.

"뭐, 기대해도 좋을 일이 생길 수도 있고."

그러면서 동훈은 또 실없이 웃었다. 어딘가 넋이 빠져나간 것 같은 웃음이었다. 나름대로 교묘하게 머리를 쓰는 동훈이지만 몹시 지쳐서인지, 허탈감 때문인지 자꾸만 그런 웃음을 지었다. 그러자 영도 마주 보며 히죽 웃었다.

"일곱 번째 죄인이군. 뭐, 좀 화려하게 갈 거냐? 기대해도 돼?"

“웃어? 너 또 대가리 박고 그 지랄 떨 거면서?”

영은 고개를 저었다.

“그거, 나 스스로 분발하자고, 마음 독하게 먹자고 그런 거야. 안 흔들려. 복수할 거야. 내가 어떻게 그걸 포기해?”

영도 다시 잔인한 웃음을 지었다. 그들의 웃음이 소름 끼쳐서 희수는 잠깐 몸을 떨었다.

“너희, 참 변한 것 같아.”

그러자 영이 말했다.

“안 그럴 수가 있냐?”

“그건 그래. 미친 병기에 총질에 경찰에 군대에…… 살인까지…… 참, 기가 막히다. 우리 어쩌다 이런 꼴이 됐냐? 알 수도 만날 수도 없던 사람들이.”

“그러게.”

“그래도 잊으면 안 돼! 떠올리라고! 우리가 당한 일들을! 그걸 잊을 수 있겠어?”

영과 동훈은 깊이 한숨을 쉬었고 희수도 말없이 고개를 숙였다. 꺼내기 싫은 기억이었지만 그들은 모두가 약속이라도 한 듯 바로 그날을 생각하고 있었다.

모든 것이 시작된 날, 6월 27일을.

길고 긴 밤

"자냐?"

김 상병이 고개를 숙인 박 일병에게 던지듯 말을 건넸다. 초소 안 책상 위에 양손을 얹고 그 위에 턱을 올려놓은 채 가만히 있던 박 일병은 작게 대답했다.

"아닙니다. 안 잡니다."

"에이, 잔 것 같은데? 너 그러다가 비상 스위치에 얼굴 박겠던데?"

박 일병은 자신의 머리 옆에 설치된 커다랗고 붉은 비상 스위치를 힐끗 돌아보더니 작게 중얼거렸다.

"제가 왜 그럽니까? 바보도 아니고……."

"아니었어?"

"놀리지 마십쇼. 김 상병님. 그나저나……."

박 일병은 다시 한번 비상 스위치를 보며 말했다.

이곳은 대현방산기술연구단지로 들어가는 주 진입로의 조그마한 초소였다. 초소 자체는 자그마했고 책상 하나와 의자, 작은 수납함 하나가 전부였지만 책상 위에는 무전기와 전화기가 있고 인터폰과 비상 스위치 등이 설치돼 있었다. 지붕에는 조작이 가능한 조명등이 있고 책상 서랍에는 탄약도 있었다. 잠기지 않은 서랍에는 공포탄이 든 탄창 몇 개, 그리고 자물쇠로 잠긴 서랍에는 실탄도 있었다. 그래도 가장 크고 단연 눈에 띄는 것은 커다랗고 붉은 비상 스위치였다.

"이거 누르면 어떻게 됩니까?"

그러자 김 상병은 쾌활하게 웃었다.

"몰라."

"이거 세게 눌러야 합니까, 아님 그냥 적당히 누르면 됩니까?"

"몰라, 인마. 그냥 꼴리는 대로 누르면 되겠지, 뭐."

"눌러 본 적 없으십니까?"

“없어.”

“누르면 어떻게 되겠습니까?”

“존나게 시끄러워지겠지. 오 분 대기조 튀어나오고……. 뭐, 장교들이 알아서 하겠지.”

김 상병은 멋대로 중얼거리다가 박 일병이 눌러쓴 철모를 손으로 덮어 장난스럽게 누르면서 물었다.

“근데 안 졸았으면 뭐 하고 있었냐?”

“뭐, 별로…….”

“아씨, 이게 고참 말을 씹네? 빠져 가지고…….”

김 상병이 장난스럽게 던지는 말에 박 일병은 턱으로 좁은 초소 창문 밖 한 방향을 힐끗 가리켜 보였다.

“저거 보고 있었습니다.”

박 일병이 가리켜 보인 곳에는 한 대의 기계가 조용히 움직이고 있었다. 바로 경계용 무인 로봇, 속칭 ‘맹견’이었다.

그것은 자동차보다는 작지만 오토바이보다는 큰 기계로 여섯 개의 바퀴가 달려 있었다. 전기 추진이라 가까이 다가가야 모터 구동음이 약간 들릴 뿐 몹시 조용했다. 자동차와 달리 각각의 바퀴들은 바퀴 축이 아니라 따로 움직이는 접힌 다리 끝에 달려 있었다. 다리는 네 개였으며 그중 뒷다리에는 바퀴가

둘씩이었다. 상부에는 작은 레이더와 기관총, 카메라와 조명등 등이 달려 있었다. 기관총 옆 왼쪽에는 대전차 미사일도 한 기 달려 있었다.

맹견은 바퀴로 포장도로 부분을 매끄럽게 순회하며 경비하다가 턱과 네 단 정도 되는 계단이 나오자 다리를 폈다. 이윽고 네발을 짚으며 사슴처럼 가볍게 계단을 걸어 올라갔다가 정해진 장소를 탐지한 후 다시 내려오고 있었다.

박 일병이 계속 맹견을 보고 있자 김 상병은 의자에 벌렁 드러눕듯 앉으며 중얼거렸다.

"아, 또 저거 본 거야? 짜식, 저따위가 뭐 그리 신기하다고……."

"신기하지 않습니까?"

"허구한 날 보고 있어 봐라. 그냥 있는지 없는지도 신경 안 쓰여. 하나도 안 거슬린다."

그러자 박 일병은 조금 감상적인 기분이라도 되는 듯 중얼거렸다.

"제 아버지가 전에 소 키우셨습니다."

"그래? 근데?"

"저거 보다 보니 소 같다는 생각이 들어서 그렇습니다. 어딘지 모르게……."

"순하긴 해."

"기계 아닙니까? 그냥 움직이는 게 그렇지, 순하고 말고는 없잖습니까?"

그러자 김 상병은 다시 장난스럽게 웃었다.

"나도 저거 처음 봤을 땐 신기했다. 특히 저거 걷는 게 신기하더라고. 그래서 툭 밀어 봤지, 걸을 때 넘어지지 않나 해서."

"안 넘어집니까?"

"몇 명이서 발로 막 차도 비틀비틀만 하지 안 넘어지더라. 착하지. 소 같기도 하고."

"왜 그러셨습니까. 불쌍하게."

"뭐? 네가 방금 기계니까 순하고 말고 없다고 그랬잖아."

박 일병은 입을 다물었지만 곧 말했다.

"저거, 그래도 비싸지 않겠습니까?"

"그럼 싸겠냐? 잘은 모르지만 어지간한 집보다 훨씬 비쌀걸? 몇십억은 가뿐히 넘지 않겠냐?"

"발로 차면 안 좋은 거 아닙니까? 망가지면……."

"인마, 그 정도로 안 망가져. 저게 전투도 할 수 있고 총알도 버티는 거잖아. 발차기 정도로 망가지면 쓰레기지!"

“그래도……..”

그러다가 박 일병은 다시 말했다.

“……저 위에 기관총은 진짜 아니겠습니까? 저게 열받아서 확 갈기면 어쩌려고 그러십니까?”

“아, 이 꼴통이. 저거 기계야, 인마. 그게 되는 거면 네 총도 일어나서 총기 수입 안 해 준다고 너 패겠다.”

“말이 안 되지 말입니다.”

“네 말이 더 말 안 돼, 인마.”

“솔직히 어떨 땐 좀 겁납니다. 저게 우리 편이라 그렇지, 고장이라도 나서 나한테 쏜다면…….”

김 상병은 박 일병의 철모를 퉁퉁 소리가 나게 두들겼다.

“그런 일 없어, 겁쟁아. 그리고 설령 그런다 해도 아무 일 없어. 저거 탄통 다 비었거든?”

“네? 어떻게 아십니까?”

“저거 담당하는 부사관한테 들었어. 실탄 안 쟁인다고. 고장 나서 총질할지 모르니 아예 비워 둔다고 했어.”

“그럼 미사일은요?”

“당연히 가짜, 아니 고상하게 말하자면 더미탄이지. 어, 근데 너 지금 요? 요오? 이 새끼가 빠져 갖고…… 군대는…….”

“아, 죄송합니다. 시정하겠습니다. 근데 말입니다, 그럼 저거…… 허당 아닙니까? 탄 비운 거면 경비 세워서 뭐 합니까?”

그러자 김 상병은 책상 서랍을 툭 쳐 보이며 말했다.

“인마, 그렇게 화이바(fiber, 파이버)가 안 돌아가냐? 그냥 경비한다 보여만 주면 되는 거야. 우리도 실탄 있지. 그런데 이렇게 잠가 두잖냐. 똑같은 거야. 장전했다 오발이라도 하면 어쩔 건데?”

“그래도 좀…….”

“그럼 넌 실탄 갖고 경비 설래? 그거 휘두르다가 신세 조질 일 있냐? 아니, 너 이 새끼 실탄 갖고 나 쏴 죽이려는 거지?”

“아닙니다, 아닙니다. 그럴 리가 있겠습니까?”

박 일병이 질색하자 김 상병은 히히 웃었다.

“좀 알겠냐? 공연히 그런 거 끼웠다 사고 나면 전부 좆되는 거잖냐. 그러니 이게 맞는 거야.”

“그럼 경비는 왜 섭니까? 적도 못 상대할 거면…….”

“야, 이 꼴통아. 적이 어디 있냐? 여기까지 적이 오면 이미 망한 거지. 하지만 적보다 무서운 게 있지.”

“뭡니까?”

“내 사수가 일병이었을 때, 비상 한 번 걸렸었댄다. 술 처먹은 연놈들 몇이 넘어온 적 있대. 맹견 로봇을 보더니 그거 타고 로데오(rodeo, 길들이지 않은 말이나 소를 탄 채 버티거나 길들이는 경기) 하겠다고 난리 쳤다는 거야.”

“네? 거짓말 아닙니까, 김 상병님?”

“거짓말? 아냐, 진짜야!”

“아니, 맹견 타고 로데오요? 무슨 카우보이입니까? 어떤 미친것들이 그런 짓을 합니까? 거짓말 같습니다!”

“인마, 세상에 미친것들이 얼마나 많은지 모르냐? 아마 SNS에 올리려고 그랬겠지.”

“와…… 할 말 없습니다. 답 없지 말입니다.”

“그래서 공포탄 쏘고 막았더니 위협했다고, 몸에 손댔다고, 성추행이니까 고소한다고 지랄 지랄하더래. 여자는 손도 안 댔었는데. 그리고 뭐 인권 단체 어쩌고가 몰려와 지랄들 해 대서 부대 전체가 엄청 시끄러웠댄다.”

“혼난 겁니까?”

“야, 시발. 그게 잘못일 정도면 우리나라 벌써 망했다. 그럼 나부터 총도 있겠다, 그런 것들 죄 쏴 죽이고 자살한다. 그러나 아직 그 정돈 아니지. 그때 막은 애들은 경계 성공해서 포상 휴가 갔다더라.”

"포상 휴가 보내 줍니까?"

"그래, 인마. 뭐 뒤에서 존나게 댓글 테러는 당했다던데 그런 거야 어차피 씹으면 되고. 휴가가 어디냐? 그러니 경계는 잘 서야 하는 거야. 여기, 엄청 중요한 곳이잖냐. 맹견도 만들고 뭐 이것저것 연구하고 만드는 곳. 그래서 천재들도 많이 모여 있고."

그러자 박 일병은 좀 멍한 표정을 지었다.

"그게 좀 있다 보니 실감이 안 납니다."

"뭐가 또 실감이 안 나?"

"아니, 출입할 때 보면 여기 계신 분들 천재나 박사님 같아 보이지는 않던데 말입니다. 다 동네 아저씨, 아줌마들……."

"이 병신아. 박사면 얼굴에 박사라고 새겨야 하냐?"

"아니, 생긴 거 말고라도 욕도 잘하는 분들 많고 솔직히 깡패 같아 보이는 분도……."

"야, 너보다 나아."

"네? 뭐가 낫단 말이십니까?"

"너 같은 놈도 총 든 군인인데, 그 정도면 약과 아니냐? 아오, 아무리 인구가 줄어서 자원이 없어도 그렇지, 이런 돌대가리 폐급까지 뽑아서 나를 괴롭히다니……."

“김 상병님, 너무하십니다!”

박 일병은 조금 화가 난 듯했지만 김 상병은 계속 장난스럽게 킥킥 웃다 말했다.

“그러니 그만 처놀고 경계나 잘 서시는 게 어떻겠습니까? 세상에 미친 새끼들이 많으니 경계는 서야 되고 비록 깡패 욕쟁이라도 훌륭한 분들이시니 잘 지켜 드려야 하는 겁니다. 무엇보다 한 건 잘하면 포상 휴가 최소 4박 5일입니다. 그러나 자는 동안 경계 잘 서란 말이지 말이지 말입니다. 알겠습니까, 박 일병님?”

그때 박 일병이 갑자기 말했다.

“어? 저기요.”

“말투 좀 봐라?”

“아니, 김 상병님, 저기 차 옵니다?”

박 일병이 지적한 대로 어둠을 뚫고 한 쌍의 불빛이 보였다. 그것을 힐끗 본 김 상병도 의아하다는 듯 말했다.

“어? 정말이네?”

“여기로 오는 거 아닙니까?”

“……그런 것 같다.”

한편, 대현방산기술연구단지를 향해 다가오는 차는 한 대가 아니었다. 맨 앞에서 전조등을 켜고 가는 승용차가 있었고 그 뒤로 약간 거리를 둔 채 전조등도 켜지 않고 조용히 뒤따르는 차가 한 대 있었는데 그 차에는 커다란 트레일러가 실려 있었다. 그리고 뒤에는 탑차라고 불리는 차량이 두 대 더 있었다.

차에 실린 큰 트레일러 안에서는 약간의 소동이 일었다. 평범한 외관과 달리 트레일러 내부는 많은 모니터와 최첨단으로 보이는 장비들이 빼곡히 들어차 있었다. 그 안에는 세 사람이 좌석에 앉아 있었고 세 명의 남자가 그들을 마주한 채 서 있었다. 앉아 있는 사람들은 모두 어울리지 않는 이상한 가면을 쓰고 있었으며 서 있는 세 명의 남자는 전술 마스크를 쓰고 있었다. 이것도 기이한데 더 기이한 건 그들 앞에 꽁꽁 묶인 남자 한 명이 짐짝처럼 바닥을 뒹굴고 있다는 것이었다. 그 남자는 입이 덕트 테이프로 틀어막혀 신음만 간신히 내고 있었다.

이상한 가면을 쓴 남자가 울음이 섞인 목소리로 말했다.

"이건…… 얘기가 다르잖소!"

그는 눈이 나쁜지, 가면 위에 안경을 억지로 끼고 있어서 꽤 우스운 모습이었다. 그러나 그의 목소리는 심각했다.

그러자 전술 마스크를 쓴 남자가 나직한 목소리로 말했다.

"다를 거 없다. 너희는 하겠다고 한 일만 해 주면 돼."

안경을 쓴 남자가 다시 말했다.

"우린…… 회사 보안을 뚫어 주겠다고 했을 뿐이오."

"그 말 그대로야. 회사 앞까지 다 왔고 너흰 보안만 뚫어 주면 돼."

전술 마스크가 유들유들하게 대답하자 안경은 바닥을 뒹구는 남자를 가리키며 말했다.

"그런데 이 사람은 뭐요? 이런 짓까지 벌인다면……."

"이런 짓? 이런 짓이 뭔데? 이 새끼는 냄새 맡고 우릴 찍으려던 기자야. 이런 놈을 그냥 두면 바로 신고할 수도 있잖아? 그래서 잡아 둔 건데 뭐 문제 있어?"

"사람을 이렇게 잡아 두고 후환이 두렵지도 않은 거요?"

"후환? 그런 것도 따져? 보안 풀고 기밀 훔치는 건 아주 신사적인 일인가?"

"아니, 그냥 조용히 하는 일인 줄 알았지, 이렇게 거친 일이라곤……."

그러자 전술 마스크가 혀를 한번 차더니 말했다.

"너희 어차피 돈 받고 하기로 한 거잖아. 반은 선금으로 받았고. 그만한 돈을 쉽게 받을 줄 알았어? 자잘한 일인 것 같았냐고."

"그건 아니지만…… 그래도 이런 일까지 하는 건…….."

"어차피 일 끝나면 너희 모두 이 나라 떠야 해. 그 정도 짐작도 못 했어?"

그때 좌석에 앉아 있던 토끼 가면을 쓴 여자가 불쑥 물었다.

"근데 우리가 보안 뚫어야 하는 데가 어디야?"

그녀는 긴 머리를 땋아 위로 틀어 올렸는데 젓가락처럼 보이는 긴 비녀 두 개를 아무렇게나 꽂아 넣은 특이한 헤어스타일을 하고 있었다.

"가 보면 알아."

그러자 안경이 다시 말했다.

"그래도 말도 안 해 주고 이러는 건…….."

"니들, 자신 있다며? 이 분야 전문가들이랬잖아. 특히 너, 토끼928."

전술 마스크는 토끼 가면을 턱으로 가리켜 부르며 덧붙였다.

"너 세계급 해커라며? 어디든 연결만 되면 자신 있다고 그랬잖아."

그러자 안경과 토끼 가면 옆에 조용히 있던, 각시탈을 쓴 남자가 중얼거렸다.

"당연히 할 수야 있지. 토끼928은 세계 랭킹 9위라고. 다 할 수 있을 거야.”

그에 토끼928이라고 불린 토끼 가면이 신경질적으로 뾰족하게 음성을 높였다.

“시발, 9위 소리는 안 하면 안 돼?”

“너 9위 맞잖아.”

“등수 그렇게 딱딱 나눠지는 거 아냐. 그것도 몰라? 50위권 쩌리 새끼가.”

“어? 너 나 알아?”

“키보드 치는 꼬라지만 봐도 누군지 딱 보인다. 이산 수학 (離散數學, Discrete Mathematics)도 잘 못하면서 해커랍시고 나대는 허접 새끼.”

각시탈에게 한마디 한 토끼928은 다시 전술 마스크를 돌아보았다.

“어디든 못 뚫는다는 건 아냐. 그런데 이건 좀 문제가 있어 보여.”

“무슨 문제?”

“우리 가는 곳, 보통 회사 아니지?”

“보통 회사는 아니지. 세계 9위급 해커가 필요한 곳이니까.”

“그런 거 말고. 뭔가 찜찜하다고.”

“일단 발 들인 이상 어차피 범죄야. 뭐가 찜찜해?”

토끼928은 제 앞의 키보드를 무섭도록 빠른 속도로 치더니 모니터 중 하나에 뭔가를 띄워 보였다.

“밖이 보이진 않아도 내겐 보이는 거나 다를 바 없거든? 우리가 가는 곳, 대현방산기술연구단지 맞지?”

“안 가르쳐 줘도 잘 아네? 근데 무슨 문제라도?”

토끼928은 빽 소리를 높였다.

“여기 방산 단지잖아! 보통 기업 해킹도 아니고 방위산업체면 이건 문제가 크잖아!”

전술 마스크는 잠깐 움찔하는가 싶더니 곧 태연히 받아쳤다.

“과연 세계 9위는 다르시네? 잘 알아냈어. 반말 찍찍 갈기는 싸가지도 참을 수 있을 만큼 진짜 유능해. 그런데 뭐가 문제냐니까?”

“방어 수준도 다른 데다…… 이건 건드릴 곳이 아니잖냐고!”

안경과 각시탈은 놀란 반응을 보였다.

“토끼928, 그게 정말이야?”

“이런 델 건드리는 건 아예 국적 팔아먹고 목숨 거는 거야!”

“어차피 너희는 돈 받고 보안 뚫어 주면 되는 거야. 토끼

928, 너 6억이나 처먹고도 이제 와서 못 하겠다는 건 아니지?”

그러자 각시탈이 혼잣말로 구시렁거렸다.

“아니, 난 2억밖에 안 주면서…….”

“50위하고 9위가 같아? 넌 백업이야, 백업.”

전술 마스크는 각시탈에게 쏘아붙여 고개를 수그리게 만들고는 다시 말했다.

“이미 작전 시작했고, 이제 와서 뺄 순 없어. 너희에게 거친 일 시키는 거 아니니 맡은 일만 잘하라고.”

그러자 안경이 다시 외쳤다.

“난 못 해!”

“못 해?”

“그래, 못 해! 다른 건 몰라도 방위산업은 손 못 대! 차라리 죽으면 죽었지…….”

분위기가 더 뒤숭숭해지자 전술 마스크는 품에서 권총을 꺼냈다. 그리고 안경을 힐끗 보며 말했다.

“그러면 죽어서 애국할래?”

안경이 놀라 입을 다물자 전술 마스크가 다시 덧붙였다.

“고작 보안 해킹하는 니들에게 몇 억씩 쳐줄 때 짐작 못 했어? 이건 아주 큰일이라고.”

그때 뒤에 서 있던 다른 남자가 전술 마스크에게 귓속말을 했다. 그러자 전술 마스크는 짜증 난다는 듯 인상을 팍 쓰더니 권총을 든 손을 늘어뜨리고 잠시 고개만 주억거렸다. 그리고 다시 해커들에게 고개를 돌리며 말했다.

"아, 너무 공포 분위기 잡지 말라시는군. 일할 때 너희 손이 굳을 수 있다고 말이야."

그러더니 전술 마스크는 느닷없이 권총을 바꿔 쥐고는 권총 손잡이로 안경의 머리를 사정없이 내리찍어 버렸다. 안경이 비명을 질렀다. 그러나 전술 마스크는 조금도 망설임 없이 잔혹하게 몇 번이나 안경의 머리를 내리쳤다. 이윽고 안경이 떨어지고 가면도 반쯤 벗겨지더니 몸이 축 늘어졌다. 남자의 몸이 의자에서 넘어져 바닥을 굴렀다.

전술 마스크가 웃음기 섞인 소리로 말했다.

"그런데 니들 프로잖아? 이 애국자 새끼는 어차피 여분이었으니 애 없어도 잘할 수 있지? 특히 토끼928?"

토끼928과 각시탈은 비명을 지르지는 않았지만 더 이상 입은 열지 못했다. 특히 토끼928의 가느다란 손가락은 유달리 부들부들 떨렸다.

차가 다가오자 김 상병은 머리를 한번 긁적였다.

"이 시간에 차 오기로 한 거 있었냐?"

"없습니다."

뭔가 이상했다. 이 길은 대현방산기술연구단지 내로 진입하는 외길이었다. 주간이건 야간이건 통행증이 있거나 미리 허가받은 차량만 안에 들어갈 수 있게 돼 있었다. 그러나 김 상병은 크게 놀라지는 않았다.

"뭐, 누가 길이라도 잘못 든 거겠지."

"보고합니까? 수상합니까?"

"아, 일 키우지 마라. 저렇게 헤드라이트를 훤하게 켜고 오는데 수상하긴."

그러면서도 김 상병은 모자를 집어 눌러쓰고 옆에 세워 두었던 총을 집었다.

"돌려보내면 되지. 너도 총 집어."

"공포탄밖에 없잖습니까. 실탄 꺼냅니까?"

"야, 누구 잡을 일 있냐? 실탄은 무슨…… 그래도 집어. 규정대로 하자고. 시찰 도는 걸 수도 있잖아. 내가 나갈게."

"네."

그러는 사이 차량은 서서히 다가왔다. 김 상병은 초소 밖으로 나왔다. 다가오는 차량을 보자 평범한 승용차였기에 김 상병은 긴장을 풀었다. 그는 경계 자세로 총 개머리판을 탄띠에 걸쳐 한 손으로 세운 채 차 앞을 막아섰다. 박 일병은 초소 안에서 반쯤 얼굴만 내민 채 총을 들고 엉거주춤하게 서 있었다.

"정지."

김 상병이 손을 들어 차를 세웠다. 그러자 승용차는 순순히 멈춰 섰다. 김 상병은 차의 번호판과 앞 창문을 한 번 훑어보았다. 군 차량도 아니고 창문에 통행증 스티커도 붙어 있지 않았다. 차 번호를 보니 렌터카였다. 차가 멈춰 서자 김 상병은 가까이 다가가 운전석 앞 창문을 똑똑 두들겼다. 그러자 창문이 열리며 안에서 당황한 남성의 목소리가 들려왔다. 그리고 술 냄새도 풍겨 왔다.

"여기가 어딘가요?"

그 말에 김 상병은 한숨을 쉬고는 고개를 숙여 차 안을 보며 대답했다.

"여긴 대현방산기술연구단지입니다. 용무 있어서 오신 겁니까?"

"아니요."

"여긴 관계자 외 출입 금지 구역입니다."

"길을 잘못 든 거 같은데……."

"차 돌려서 나가십쇼."

그러면서 김 상병은 손을 휘저어 박 일병에게 별것 아니라는 표시를 했다. 그런데 그때 김 상병의 눈에 이상한 것이 보였다. 아까는 어둠과 눈에 튀는 승용차 전조등 때문에 보지 못했는데 승용차와 약간 거리를 두고 커다란 차 몇 대가 전조등도 켜지 않고 다가오고 있었다.

"저 뒤차들 뭡니까? 혹시 일……."

그러나 김 상병은 더 말을 잇지 못했다. 안에 있던 남자가 번개같이 김 상병의 덜미를 잡아 차 안쪽으로 잡아챘기 때문이었다. 그와 동시에 목에 날카로운 것이 틀어박혔다. 김 상병은 외마디 비명도 지르지 못한 채 즉시 숨이 끊어졌다.

조수석에 타고 있던 다른 남자도 단박에 밖으로 나왔다. 그리고 무서운 기세로 초소를 향해 달려오며 품에서 묘하게 생긴 것을 꺼내 들었다.

초소에 남아 있던 박 일병은 몹시 놀랐다. 박 일병의 시야에 김 상병이 차 안으로 상반신이 끌려 들어가며 축 늘어지는 것이 보였다. 이내 다른 남자가 달려오는 것을 보고는 공포에 휩싸였다.

“어어……!”

박 일병은 무의식중에 들고 있던 총을 남자에게 겨누려 했지만 곧 총 안에는 공포탄밖에 없다는 생각이 들었다. 이런 상황에선 비상벨을 누르는 게 우선이었다. 이쯤 되자 총은 거치적거리기만 했다. 박 일병은 곧 총을 내팽개치며 비상벨 쪽으로 몸을 돌렸다. 손바닥으로 내리치기만 해도 비상벨은 울릴 것이다. 조금 머뭇거리긴 했어도 훈련받은 대로의 동작이었다.

그러나 다음 순간, 갑자기 초소 문이 왈칵 열리며 또 다른 한 명이 뛰어들었다. 그는 온몸에 검은 옷을 입고 전신에 길리슈트처럼 나뭇잎을 꽂아 두었으며 얼굴도 검은 위장 크림을 가득 발라 완벽하게 위장한 자였다. 맨 앞에서 승용차가 이목을 끄는 사이, 어둠에 스며들어 초소 바로 부근까지 와 숨어 있다가 달려든 것이다.

박 일병은 달려든 자에게 어떻게든 저항하려고 했다. 그러나 총은 이미 팽개친 상황이었고 위장한 남자의 모습에 경악해 기세가 눌려 있었다. 달려든 남자는 칼을 꺼내 들고 있었다. 박 일병이 어떻게든 비상벨이라도 누르려고 손을 뻗었지만 남자는 그런 박 일병의 손에 그대로 칼을 박아 버렸다. 그리고 비명을 지르려는 박 일병의 입을 틀어막아 테이블 위에 짓누르더니 손에 박힌 칼을 뽑아 박 일병의 몸을 몇 번이고 푹푹 찔러 난자했다.

박 일병의 몸이 축 늘어지자 남자는 서둘러 진입로의 철책 자동문 스위치를 찾아 작동시켰다. 그러자 단단히 닫혀 있던 철책 문이 열리기 시작했다.

그사이 조수석에서 내려 달려오던 남자는 이미 열리기 시작한 문 앞까지 도달해 있었다. 그는 품에서 꺼낸 묘하게 생긴 기계를 맹견 로봇 쪽으로 향했다.

맹견은 이미 누군가 다가오는 것은 인지하고 있었다. 맹견에 탑재된 인공지능은 열리지 말아야 할 시간에 예고 없이 문이 열린 것을 인지하고 대응을 준비했다. 맹견의 총구는 철책 문 쪽을 향해 있었고 조수석에 탔던 남자를 정확히 포착해 불빛으로 비추고 있었다. 상대를 인식해 조명을 비추었으니 카메라도 그를 향할 게 분명했다.

그러나 조수석에서 내린 남자는 조금도 당황하지 않았다. 커다란 로봇이 총구를 겨누고 있음에도 그는 조금도 신경 쓰지 않는 것 같았다. 오히려 그는 들고 있던 기계로 맹견을 향해 무언가를 발사했다.

맹견은 물론 그것을 인지했다. 그리고 그것이 적대적 행위임도 인지했기에 그자보다 앞서서 자동으로 사격을 가하려 했다.

그렇지만 맹견의 기관총은 철컥철컥하는 소리만 낼 뿐 한 발도 발사할 수 없었다. 실탄은커녕 공포탄조차도 장전돼 있지 않았기 때문이었다. 사고나 말썽을 피하기 위해 장전시키지 않았던 기관총이 발사되지 않자 맹견은 그 대신 대전차 미사일을 발사하려 했다. 하지만 당연히 그것도 빈 통이었기에 신호만 갔을 뿐 발사되지 않았다. 맹견은 연막탄 대응 장치도 갖고 있었지만 이것도 역시나 비어 있었기에 발사되는 일은 없었다.

그사이 남자가 발사한 발사체는 맹견에 적중했다. 발사체는 스파크를 일으키더니 푸른색 불똥을 사방에 뿌리며 폭발했다. 화약류 같은 커다란 폭발은 아니었다.

그러나 그것만으로도 맹견은 즉시 정지돼 불이 꺼지며 그 자리에 풀썩 쓰러져 버렸다. 맹견을 맞힌 건 소형 EMP탄이었던 것이다.

같은 시각. 대현방산기술연구단지 안쪽의 한 건물에서는 호통이 울려 퍼지고 있었다.

"야! 민동훈이!"

"네…… 네?"

"이 시부랄 병신 새끼야! 조심 안 해?"

또 터졌다. 손에 든 시제품이 터진 게 아니라 이 선생의 입이 터졌다. 마스크 안에 장착된 인터컴(Intercommunication, 인터커뮤니케이션) 스피커가 터져 나갈 듯한 이 선생의 호통에 동훈은 급히 목을 움츠리며 대답했다.

"죄…… 죄송합니다! 팔이 잘 안 움직여서……."

솔직히 변명은 아니었다. 정말로 동훈은 팔을 잘 움직일 수 없었다. 팔뿐만이 아니었다. 목을 움츠리긴 했지만 그것도 그렇다는 느낌일 뿐 실제론 움츠릴 수조차 없었다.

동훈은 지금 굉장히 두껍고 무겁고 답답한 옷을 입고 있었다. 아니, 옷이라기보다는 무슨 쇠로 만든 관 같은 것에 들어가 있었다. 구조로만 보면 중세 시대 판금 갑옷과 흡사하지만 그보다 몇 배 두껍고 답답하며 움직이는 것조차 힘들었다. 거의 밀폐돼 대화도 인터컴으로 하지 않으면 안 되며 숨도 쉬기 어려웠다.

연구소 내에서 자체적으로 대강 만든 물건이라 이름조차 붙여지지 않았지만 이 선생은 이것을 '슈트'라고 부르곤 했다. 물론 기분에 따라 달랐다. 어떨 땐 깡통, 어떨 땐 그냥 옷, 어떨 때는 내복, 난닝구라고까지 불렀다. 이 선생 성격대로 그냥 자기 멋대로였다. 동훈은 속으로 이것을 '아이언 메이든(Iron maiden, 중세 시대의 고문 기구)'이라고 불렀다.

처음 동훈이 이 선생 밑에서 일하게 됐을 때 이 저주받을 물건을 보고 멋지다고 생각한 적이 있었다. 어릴 때 보던 변신 로봇이나 히어로 슈트 같다고도 생각했다. 매끄럽게 생기지 않았지만 과거에는 바보같이 그걸 더 마음에 들어 했다. 고전 SF에 나오는 둔중한 로봇 같다는 낭만적 생각도 했다.

그러나 실제로 그것을 입고 나서부터는 그냥 고문 기구라는 생각이 들었다. 변신 로봇과 비슷한 점은 '둔중함' 하나뿐이었고 그것도 예상을 아득히 뛰어넘었다. 일반적인 EOD(Explosive Ordnance Disposal, 폭발물 처리반) 방호복도 입으면 제대로 걷기 힘들었다. 그런데 이 무식한 물건은 걷기는커녕 어떻게든 넘어지지 않으려고 양발을 질질 끌며 움직이는 것에 가까웠다. 전체가 초고강도 철판으로 마구 땜질돼 있어서 끔찍하게 무거웠기 때문이다. 용접 자국까지 핏줄처럼 선명하게 드러나 있어서 어찌 보면 흉물스럽기도 했다. 심지어는 그 철판들이 상당 부분 겹쳐 있었다. 무겁기로는 지옥의 악귀들이 발을 끌어당기는 것 같고, 들어가면 3분 안에 극한의 사우나가

되어 20분 이후부터는 땀에 온몸이 젖고 결국엔 코까지 잠겨 질식사할 위험에 처할 듯했다.

중세 시대에도 외면받을 법한 물건이 이곳에 있는 이유도 참 기가 막혔다. 원래 화약류는 안전 문제 때문에 반드시 실험장에서만 시험해야 했다. 그러나 성격 급하기 그지없는 이 선생은 이런 당연한 법이나 규칙조차 지키지 않았다.

"시부럴, 멀고 먼 실험장 일일이 왕복하면 실험들은 언제 다 해?"

그러면서 이 선생은 연구소 내 창고 구역에 탱크 전면의 장갑판으로 쓰고도 남을 만큼 무식한 강판으로 작은 실험장을 자체 제작했다. 실험장이라 했지만 실제로는 금고나 다를 바 없었다. 아마 한국은행 금고도 이것보다 튼튼하진 않을 것이다. 더구나 폭발력을 완충시킬 구멍도 뚫려 있고 배기 장치도 있었다. 원래 폭발물 처리반에 비슷한 공간이 있기는 했으나 그래도 거기는 아크릴 수지류로 된 투명 격벽이 달려 있어서, 이렇게 들어가면 무간지옥 같은 어둠 속이 되는 강판 벽의 금고는 아니었다. 이곳 안에서 불을 켤 수 없는 것은 일단 뭔가 터뜨리고 나면 전등이 남아나지 않기도 하거니와, 전등에 선을 이으려 구멍을 뚫으면 밀폐 구조가 취약해지기 때문이었다.

거기에 이런 옷까지 만들면서 이 선생은 실험장 왕복 시간을 아끼는 편을 택했다. 따지고 보면 이곳은 불법이었다. 빼도 박도 못하는 불법, 그 자체였다. 그렇기에 연구소 구역 내에서도 가장 기피되는 장소인 창고 주변을 택한 것이다.

창고 구역이 기피되는 데는 당연히 이유가 있었다. 방산 단지의 창고인 만큼 보통의 창고와는 달랐던 것이다. 말만 창고이지 실제로는 군부대 탄약고 이상으로 규모가 크며 단순 탄약 이상의 고가 장비 시험품 등도 여기에 보관되곤 했다.

아무리 단지 내에서 폭발 실험을 하는 게 불법이더라도 점검을 위해서 탄약이 충전된 무기들을 들여올 때가 있었다. 그렇기에 창고는 경비가 가장 삼엄하며 보안도 잘돼 있어 함부로 출입하기 힘들었다. 무엇보다도 '위험한 폭발물'이 있는 곳이기에 볼일 없이는 누구도 얼씬하려 하지 않았다. 이런 창고는 몇 곳이 있는데 이 선생은 그중 가장 위험하다고 알려진 곳 부근을 택한 것이다.

그런 곳에서 불법 실험을 하는 것이 너무 위험하지 않냐는 내부의 목소리도 있었지만 이 선생은 단호했다.

"위험해서 못 하게 하는 거라면 위험하지 않게 만들면 그만이잖아!"

물론 이 선생이라고 사람 목숨을 아끼지 않을 정도로 막 나가는 사람은 아니었다. 안전에 신경을 쓰기는 했다. 일단 이 선생은 그렇게 무지막지한 무기를 이 작은 실험장에서 쓰지는 않았다. 동훈은 설령 여기서 무슨 일이 생기더라도 철벽같은 메인 창고에는 흠집도 낼 수 없을 거라고 생각했다.

실험장 자체가 거대한 금고 같았지만 그 내부에는 실제로 금고가 있었다. 그리고 그것 또한 최소 120밀리미터 전차포 직격이 아니라면 흠집도 내기 힘들었다. 거기에 작업자는 '아이언 메이든'까지 입어서 이중 방호를 받는다. 그러나 가장 중요한 것은 따로 있다. 애당초 여기서 이걸 입을 사람이라면 이미 화약류에 대한 안전 상식과 뭐가 위험하고 위험하지 않은지를 아는 전문가들이라는 것. 위험할 수 있는 행동은 아예 스스로 알아서 하지 않았다.

결국 이런 옷을 입고 하는 작업이란 어쩌면 단순했다. 시제품을 금고 내에 배치하는 일이었다. 시제품이라 자칫 터질 수 있기에 운반 및 단순 설치 과정에서도 방호가 필요한 것이다. 이 선생의 준비 덕분에 실제로 누군가 죽거나 '심하게' 다치는 사고는 한 번도 일어나지 않았다. 물론 '심하게' 다치는 경우가 없을 뿐 자잘한 찰과상이나 폭압에 날아가 생기는 타박상, 충격, 접질림, 신경통, 관절 약화 등은 당연히 따라왔다. 그러나 이 선생은 그 정도 사소한 부작용에는 눈 하나 깜박하지 않았다.

사람은 물론 실수할 수 있다. 아무리 숙련되고 안전 규칙을 잘 알아도 실수는 할 수 있었다. 그렇기에 이 선생은 이런 작업을 시킬 때 눈을 부릅뜨고 지켜봤다. 그리고 방금처럼 동훈이 조금이라도 실수하려 하면 벼락같은 욕으로 정신을 차리게 해서 실수를 방지했다. 사고를 막는 건 고맙지만 마음의 상처는 새롭게 덧대어졌다. 동훈은 이미 폭발물보다 이 선생을 몇 배나 더 두려워하고 있었다.

"야, 야, 그대로는 안 되겠다. 3도! 3도 더 틀어서 꽂아!"

"네? 3도요?"

"오른쪽으로 3도 더 틀어서 꽂으라고!"

"아니, 그걸 눈대중으로 하라고요?"

"시간 없어. 그것도 못 해?"

동훈은 마지못해 최대한 맞춰 보려 했지만 각도가 조금 넘은 것 같았다. 매의 눈이라도 달렸는지 이 선생은 대번에 욕을 했다.

"야, 이 병신아! 8도도 넘겠다! 3도라고 했잖아!"

'썅! 3도를 어떻게 알고 재냐? 내가 각도기냐?'

동훈도 점차 욕이 늘어 갔다. 그러나 물론 마음속에서 부르짖을 뿐 이 선생에게 대놓고 그런 말을 할 수는 없었다. 동훈만이 아니라 이 선생에게 그런 말을 할 수 있는 사람은 거의 없었다. 이곳에서 이 선생은 무소불위의 존재였던 것이다.

이 선생은 키는 꽤 컸지만 비쩍 말랐다. 호리호리하다 못해 뭔가 위험할 정도로 바싹 말라 있었다. 섣불리 건드렸다간 송장 치워야 할 것 같다는 위기감을 주기도 했다. 그러나 단순히 그런 이유 때문에 이 선생을 아무도 못 건드리는 것이 아니었다.

이 선생의 눈빛을 한번 본 사람은 아마 잊을 수 없을 것이다. 바싹 말라 광대뼈가 툭 튀어나온 용모는 절대 온화해 보이지 않았다. 평상시 이 선생은 보통의 점잖은 사람이었다. 함부로 언성을 높이는 것도 아니고 욕을 하는 것도 아니었다. 일부러 인상을 찌푸리지도 않았다. 오히려 자주 웃는 편이었다. 그가 욕을 하는 건 오로지 일할 때뿐이었다.

그럼에도 이 선생을 마주하는 사람들은 누구나 극도로 강한 인상을 받았다. 겁을 먹을 이유가 없는데도 괜히 움츠러들었다. 덩치가 크고 험악한 것도 아닌데 그랬다. 보는 사람마다 조금씩 다르겠지만 동훈의 경우엔 절대 물러서지 않을 것 같은 거대한 고집이랄까, 아무튼 자신으로서는 절대 상대도 저항도 할 수 없을 것 같다는 묘한 위압감을 느끼곤 했다. 위험하지 않으면서도 절대 이길 수 없는 느낌. 그리고 그 느낌은 정확했다.

물론 아무리 이 선생의 인상이 강해도 그것 하나만으로 연구소 내에서 무소불위의 존재가 된 것은 아니었다. 애초에 박사도 실장도 아닌 '선생'이라는 호칭부터가 단연 유별났다. 이 선생에게 그런 호칭이 붙은 원천적 이유는 간단했다. 그는 노장이면서도 드물게 박사 학위를 지니지 않은 사람이었다. 연구소 내에는 동훈처럼 석사까지만 마치고 취업한 사람도 많았다. 그리고 그런 경우는 보통 '누구 씨'라고 불렸다. 그러나 이 선생은 단순히 이름을 부르기엔 너무 나이가 많고 무엇보다도 그가 이룬 일들이 어마어마했다.

박사 학위는 없었지만 그건 그가 모자란다는 뜻이 아니었다. 사실 그는 군사 부문에서만도 몇 개의 박사 학위를 취득할 수 있을 만큼의 업적을 쌓았다. 그러나 그는 단순히 '무기도 안 되는 논문 따위 쓸 시간이 없어서' 박사 학위 따위는 무시했고 신경도 쓰지 않았다.

더구나 이 연구소는 국가기관이었다. 다른 방산 기업들을 관리 감독하며 연구도 병행하는 묘한 집단이었다. 직원은 모두

준공무원이며 방위산업체이기 때문에 묘하게 군대와 비슷한 분위기가 스며들어 있었다. 그렇기에 소위 '짬밥', 즉 연륜도 중요하게 쳤다. 이 선생은 연륜으로만 따지면 연구소 소장과도 맞먹을 정도며 책임 연구원 따위는 상대도 안 됐다.

이 선생의 실제 나이를 아는 사람은 몇 되지 않았다. 그러나 간단히만 추산해도 육십은 넘고 칠십 대일지도 몰랐다. 그런데 놀랍게도 이 선생은 정정했고 절대 은퇴하려 하지 않았다.

사실 서류상으로 이 선생은 현역 은퇴 상태이고 연구 자문 위원이나 고문 정도로만 올라가 있다. 그러나 현역 연구원 저리 가라 할 정도로 일에 대해 열정이 넘쳐서 아무도 그를 말릴 수 없었다. 그렇게 그는 여전히 닥치는 대로 무기 개발에 손대고 있었다.

가장 무서운 건 이 선생이 월급조차도 거의 받지 않는다는 점이었다. 자문 위원으로 약간의 수당을 받을 뿐 그의 경력에 어울리는 보수는커녕 동훈보다도 못한 보수를 받았다. 후배 격인 책임 연구원이 그에게 수당 조로 보수를 좀 더 챙겨 주려 했을 때 이 선생이 "개소리하지 마. 나중에 누구 작살나는 꼴을 보려고? 규칙대로 해!"라며 오히려 쌍욕을 하루 종일 퍼부어 댔다는 이야기는 전설처럼 연구소 내를 떠돌았다. 이 선생은 그야말로 일벌레였다. 집에는 한 달에 두세 번 들어갈까 말까였다. 처자식도 있다는데 아버지 노릇을 제대로 하는지 걱정될 지경이었다. 문제는 이것이 누가 시켜서가 아닌, 스스로 원해서 하는 일이라는 점이며 더 큰 문제는 이 선생 때문에 그 밑의 연구원 모두 그와 비슷하게 거의 매일 야근을 하며 연구소에 붙어 살아야 한다는 점이다.

이 선생은 젊을 때부터 제대로 설계도도 갖추어지지 않은 미군 무기들을 귀신같이 파악해 복제하고 또 거기에 특허 범위를 아슬아슬하게 피할 만한 덧붙임을 함으로써 자주국방의 초석을 다진 인물 중 한 명이라 알려져 있었다.

불곰 사업(1995년부터 진행 중인 한국과 러시아 간 군사 기술 협력 사업)으로 획득한 러시아제 무기의 분석과 부분 재현에도 예의 그 솜씨를 발휘했다. 그는 화학, 기계공학, 재료공학, 동력학, 구조역학 등에서는 박사를 넘어 '도사'에 가까운 실력을 지녔으며 젊어서부터 거의 아무것도 없는 맨땅에서 모든 것을 스스로 해결했기에 선반이나 프레스 가공, 용접이나 심지어는 초정밀 가공까지 자기 마음에 안 들면 스스로 해 버리고 마는 현장 공돌이 기질도 갖추고 있었다. 믿을 수 없을 정도의 능력을 갖춘 영웅이나 다름없었다.

다만 이 선생은 근래에 가장 중요해진 전자나 컴퓨터 분야의 능력이 그리 좋지 않았다. 노년에 무지막지하게 일을 하면서 완전히 새로운 지식까지 습득하는 것은 그로서도 무리인 것 같았다. 따라서 각종 첨단 무기를 맡는 일은 적었지만 폭발물이라면 별로 볼 것도 없는 작은 보조 폭발물이나 기폭 장치마저도 그의 검증을 거치지 않는 경우가 없었다. 그러면서 그가 항상 하는 말이 있었다.

"파이로테크닉(Pyrotechnics, 화공 약품을 이용해 불, 불꽃, 폭발 등을 만들어 내는 기술)! 이걸 우습게 보지 말라고! 폭발하는 모든 무기의 출발이 이거야. 모든 완성이 여기에 달린 거라고!"

그리고 그 호통은 역시나 동훈에게로 이어졌다.

"민동훈이! 좀 조심해서 못 다뤄? 그거 파이로테크닉의 정수다! 조그맣지만 섬세하다고!"

"네, 네."

"대답이 왜 그 모양이야? 그거 드론 장비용 무기라서 조그맣지만 몹시 정밀한 폭발물이라니까! 3도 맞춰서 배열해야 시험이 제대로 되는 거 몰라?"

"아니, 3도를 어떻게 구분해요? 각도기라도 갖고 와야……."

"어쭈, 네가 그러고도 공돌이냐? 3도 정도도 눈으로 못 재?"

“아…….”

동훈은 할 말이 없었다. 대학원 때 겉보기에 점잖아 보였던 교수도 알고 보니 폭군이었지만 이 선생에 비하면 천사였다. 아무리 겪어도 그의 강압적인 기질은 참기 어려웠다. 그래도 별수 없다. 참아야 했다. 다른 무엇보다도 이 선생의 카리스마에 눌려 저항할 수가 없었다. 때려치울 생각도 여러 번 해 봤지만 연구소를 그만두면 집까지 찾아와 호통칠 것 같아서 그만두지도 못했다. 이 선생이 웃는 얼굴로 “이제 됐다. 다른 데 가서도 일 잘해라!”라고 말해 주지 않는 한, 자신은 절대 이 선생 밑을 벗어날 수 없을 것 같았다. 그런 일은 절대 일어날 것 같지 않았지만 말이다. 아니, 한 가지 다른 길이 있긴 했다. 이 선생의 유고(有故) 내지는 은퇴라면 벗어날 수 있을지도…….

그러나 이 선생은 직접 작업에 나서지는 않았다. 실제로 몸을 움직이는 것만큼은 동훈의 몫이었다. 연륜이니 직위를 따져서가 아니었다. 이 선생도 사람인 이상 실수할 수 있었다. 직접 작업할 때는 의외로 생각이 분산돼 실수할 수 있는 법이고 화약류 작업은 그 자체로 엄청나게 위험한 물질을 다루는 일이니만큼 안전 수칙들을 최소 이중으로 감시하는 게 중요했다. 그리고 이 선생은 좀 다치는 정도의 작은 위험은 대강 넘겨도 큰 위험을 불러올 수 있는 일에는 안전 정신이 투철했다.

동훈은 이 선생처럼 작은 실수도 모조리 날카롭게 잡아낼 만큼 눈이 예리하지는 못했다. 그렇기에 동훈이 움직이고 이 선생이 그것을 감시하는 게 적합했던 것이다.

그때 갑자기 사이렌 소리가 요란하게 들려왔다. 동훈은 자신이 혹시나 뭘 잘못 건드린 건가 싶어서 찔끔 몸을 움츠렸다. 또 이 선생의 막말이 쏟아질 것 같아서였다.

그런데 놀란 것은 동훈만이 아니었다. 슈트의 좁은 마스크 창 너머로 언뜻 보니 이 선생도 당황한 표정이 역력했다. 그제야 동훈은 이 선생에게 물었다.

"이게 뭐죠? 한밤중에."

이 선생은 멍하니 대답했다.

"나도 처음 듣는다. 이건……."

그러다가 이 선생은 인상을 쓰며 말했다.

"……비상 사이렌이야."

"네? 그럼 무슨 비상사태라도?"

"설마. 오류로 작동한 거겠지."

그러더니 이 선생은 바로 다시 호통쳤다.

"민동훈, 얼렁뚱땅하지 말고 하던 거나 계속해!"

길고 긴 밤

토끼928

"이게 뭐야?"

전술 마스크가 당황한 듯 말했다.

사이렌 소리가 트레일러 안까지 직접 들려온 것은 아니었다. 그러나 그의 무전기에 알림이 왔다. 무전으로 밖의 상황을 들은 전술 마스크는 즉시 외부 카메라를 켜서 상황을 살폈다. 그러자 모니터 스피커로 사방에 울려 퍼지는 요란한 사이렌 소리가 전달됐다.

경비 초소의 초병과 맹견 로봇은 무력화됐지만, 맹견은 EMP탄이 터지기 직전 자신이 공격받았음을 감지하고 사이렌을 발동시킨 것이다.

"야, 너희들 보안장치 안 끄고 뭐 했어!"

전술 마스크가 해커들에게 고함을 치자 각시탈이 맞받아쳤다.

"연결도 안 해 주고 무슨 보안을 꺼요! 막 들어가던 참인데! 난 맹견 무선 따서 위치 파악하는 것만도 정신없었다고요!"

사실 그 말이 맞았다. 이런 시설은 절대 외부 인터넷이 연결되지 않았고 인트라넷을 사용했다. 그렇기에 일단 어떻게든 인트라넷에 연결되어야 해커들이 뭐라도 할 수 있었다. 전술 마스크는 아무리 중요 시설이라도 후방의 안일함에 찌든 정문 보안 정도는 쉽게 통과할 수 있다고 생각한 것 같았다. 그리고 초병들을 모두 죽이는 잔혹함으로 어느 정도 성공한 것 같았으나 예상치 못하게 덜미가 잡힌 것이다.

전술 마스크의 뒤에 서서 지시를 내리던 자도 몹시 당황한 듯 전술 마스크에게 말했다.

"아까부터 이상했어. 조용히 일 처리하지 않고 왜 이래? 이번 일에 갑자기 해커도 들인다고 해서 대현방산기술연구단지에 보안이 강화돼 그런 거로만 생각했는데……."

"보안 강화된 거 맞아요."

"그런데 왜 밑에 애들이 갑자기 사고부터 쳐? 네가 지시한 거야?"

"아, 글쎄요."

"인마, 이러면 문제가 커지잖아! 선 넘으면 안 된다고!"

그러나 전술 마스크는 이젠 그의 말조차 들을 생각이 없는 것 같았다.

"이미 선 넘었어요."

그 말을 확인이라도 해 주듯 모니터를 보던 토끼928이 비명을 질렀다.

"저기 군인들! 설마 죽인 거야? 그냥 제압한 거 아니고?"

초소를 비추고 있는 모니터에는 창 너머로 선혈을 흘리고 쓰러진 군인의 모습이 보였다. 토끼928이 카메라를 조작해 화면을 돌리자 이번에는 피 칠갑이 된 채 위장한 남자들에게 질질 끌려 나가는 다른 군인의 모습도 보였다.

전술 마스크의 상관인 듯한 남자는 기겁을 했다.

"아니, 사람을 죽였어?"

"안 그러고 어떻게 돌파해요?"

"대체 왜 그러는 거야? 조용히 끝날 일을 왜 크게……."

"아, 하다 보니 이런 건데 어쩌라고요."

“미치겠군. 이건 큰 문제 된다고! 철수해야……!”

“지금 철수해도 돈 줄 거야?”

전술 마스크가 뻔뻔스럽게 되묻자 상관은 화를 냈다.

“무슨 소리를!”

그러자 전술 마스크가 빠르게 품에서 권총을 다시 꺼내 상관을 한 대 후려갈기며 외쳤다.

“그럼 닥치고 있어!”

상관은 설마 전술 마스크가 자신까지 때릴 줄은 상상도 못한 듯 아래턱을 맞고 고개가 휙 돌아갔다. 상관의 옆에 있던 전술 마스크의 부하가 상관을 재빨리 제압해 바닥에 쓰러뜨렸다.

전술 마스크는 엎어진 남자의 얼굴을 내려다보며 말했다.

“야, 내가 언제까지 니들 뒷구멍이나 닦아 줄 거라 생각했어? 더러운 짓은 내가 다 하는데 언제까지 푼돈만 받을 줄 알았어?”

상관은 짓눌린 상태에서도 항변했다.

“너…… 너 감히…….”

전술 마스크는 한번 한숨을 내쉬더니 말했다.

“고객님하곤 이미 내가 직거래하기로 했거든? 니들처럼 쫀쫀하게 도면 장사 따위 안 해. 현물로 크게 퉁칠 거라고.”

상관은 발버둥 치며 소리쳤다.

"이 미친놈아!"

전술 마스크는 다시 망설이지 않고 권총으로 상관을 쏘아 죽여 버렸다. 그리고 갑자기 배를 잡고 웃었다.

"아, 시원하다! 잔소리쟁이 새끼! 우하핫! 속이 시원해!"

전술 마스크는 그대로 권총으로 해커들을 죽 둘러 겨누며 웃음기 가득한 목소리로 말했다.

"잘 봤냐? 그러니 빨리빨리 일해."

세 해커는 공포로 부들부들 떨었다. 전술 마스크가 원래 계획보다도 훨씬 크게 일을 벌인다는 걸 눈치챘지만 할 수 있는 일은 없었다.

그때 각시탈이 모니터 하나를 보더니 소리쳤다.

"다른 데 있던 맹견 로봇들이 전부 모여들고 있어요!"

"어차피 빈 탄창에 허탕 아닐까?"

"전부 그러리란 법은 없잖아요! 한 대만 멀쩡히 와도 우린 다 죽는 거예요!"

그러자 전술 마스크가 권총을 해커들에게 더 바짝 들이댔다.

"어서 사이렌 끄고 보안들 싹 해제해!"

넘어져 있던 안경이 소리쳤다.

“그만둬! 이건 정말 미친…….”

그러나 그는 더 말을 잇지 못했다. 전술 마스크가 가차 없이 총을 세 발이나 연달아 쏘아붙였기 때문이었다. 그중 한 방은 안경의 안면에 맞은 듯 가면과 얼굴이 한꺼번에 깨지며 피가 사방으로 튀었다. 토끼928과 각시탈은 비명을 질렀다.

전술 마스크가 이번에는 각시탈에게 총을 겨누며 소리쳤다.

“어서 해! 아니면 너도 애국자 될래?”

각시탈은 기겁하며 양손으로 앞을 막으면서 외쳤다.

“선…… 선을 연결해 주세요! 그래야 뭘 해도 하죠!”

각시탈은 점점이 다가오는 모니터 속의 맹견들을 보며 비명을 질렀다.

“어서요! 통신선이면 일단 어디든! 초소 안에 있는 거라도!”

토끼928이 빽 소리를 질렀다.

“이 병신아! 그런 것 가지고 연결이 되겠어?”

토끼928은 전술 마스크를 향해 고개를 돌리며 말했다.

“내가 할 테니 두 배 줘.”

“이게 어디서…….”

“그럼 네가 직접 해 보시든가.”

전술 마스크는 혀를 한번 차며 대답했다.

“쯧, 기회 잡았네? 뭐, 맘에 들어. 알았다.”

“약속해.”

“약속한다고! 어서 해!”

토끼928은 곧 눈앞의 모니터들을 모조리 일단 꺼 버린 다음 품에서 USB 하나를 꺼냈다. 그리고 그것을 장치에 찔러 넣은 후 무섭게 빠른 속도로 명령어들을 입력했다.

그러자 모니터에 이상한 화면이 하나둘씩 나타났다. 처음에는 전화번호 같은 것이 나타났다가 이내 훨씬 더 복잡한, 계속 변화하는 숫자들이 어지럽게 나열됐다. 그러더니 아무것도 없는 텅 빈 방 안이나 욕실, 마구 흔들리는 길가의 풍경 같은 것들이 산발적으로 나타났다.

각시탈이 그것을 보고 말했다.

“뭐 하는 거야? 그게 뭔데!”

“휴대폰.”

“휴대폰 해킹한 거야? 그래서 뭘 하려고?”

“모르면 입 닥치고 있어!”

토끼928은 날카롭게 외치면서 어지러울 정도로 계속 손가락을 움직이다가 마침내 모니터 하나를 주목했다. 미동도 없이 가만히 천장만 보이는 화면이었다.

“이거다!”

각시탈은 놀랍다는 듯 말했다.

“그렇구나. 연구 단지 내부에 있는 휴대폰을 찾은 거구나!”

전술 마스크가 소리쳤다.

“그건 뭐 하러 찾는 거야? 헛짓거리 하면 가만 안 둬!”

토끼928이 대답하지 않자 각시탈이 대신 대답했다.

“아니에요! 잘하고 있는 거예요!”

“뭐?”

“내부의 휴대폰을 매개로 쓰려는 거예요! 인트라넷에 직접 접속이 안 되더라도 바로 근처에 휴대폰이 있으면 그걸 통해서 접속할 수 있어요. 그렇게 인트라넷만 뚫는다면…….”

“그러다가 주인이 끄면?”

“그래서 움직이지 않고 가만히 놔둔 휴대폰을 찾은 거예요. 토끼928은 정말…… 대단해요.”

그사이에도 토끼928은 무서운 기세로 키보드를 조작하고 있었다. 그러다가 갑자기 오른손을 높이 쳐들더니 마치 일격을 가하듯 키보드의 엔터 키를 내리쳤다.

그 순간, 사이렌 소리가 멎었다.

전술 마스크가 흥분해서 외쳤다.

"해냈군! 어떻게?"

토끼928은 숨을 몰아쉬며 말했다.

"별거 아니야. 휴대폰을 통해서 미리 준비한 바이러스를 푼 거야."

그때 각시탈도 모니터를 보며 기쁘게 소리쳤다.

"맹견들, 전부 멈췄어요!"

"아예 주변 모조리 정전시켜 줄까? 그게 더 편하지 않겠어?"

토끼928의 말에 전술 마스크가 대답했다.

"그러면 자료를 못 건지잖아. 아무튼 일류는 다르군."

"내부는 셧다운시켰지만 외부까진 어떻게 못 해. 외부로 경고가 나갈 텐데 그건 못 막아. 아마도 벌써 나갔을 거고."

"그래, 이 정도만 해도 된다. 최소한 로봇들은 전부 멈췄으니까."

"밖에서 군인들이 더 올 텐데?"

전술 마스크가 자신 있게 말했다.

"글쎄? 애초부터 군인들 쏟아져 들어오게 준비하질 않았어."

전술 마스크는 죽은 남자를 발로 툭 건드려 보였다.

"이 새끼를 막판까지 놔둔 게 바로 그 때문인데, 뭘."

"군인들이 안 와? 비상 신호가 울렸는데도?"

"아, 아예 안 오진 않겠지. 사령관 돼지 새끼도 면피는 해야 하니까. 하지만 한참 시간 끌다 올 거야."

"사령관도 한패라고?"

"다 엮여 있지. 안 그러면 우리가 무슨 깡으로 방산 단지를 털겠냐?"

"그게…… 말이 돼?"

"말 된다. 개한민국이니까. 연줄이 최고인 거 몰랐냐? 아, 물론 앞으론 못 써먹는 게 아쉽지만 다른 줄 잡으면 되지."

전술 마스크가 킥킥 웃으며 죽은 상관의 허리춤에서 무전기를 꺼내 해커들 쪽으로 내밀었다.

"난 바깥 정리하고 챙길 물건들 좀 봐야겠다. 그러니……."

각시탈이 머뭇대며 무전기를 받으려 하자 전술 마스크는 그의 손을 탁 쳐 버렸다.

"허접 새끼는 못 믿겠고……."

전술 마스크가 토끼928에게 무전기를 넘겨주었다.

"너밖에 못 믿겠어. 이제 우린 같은 배를 탄 거고 일이 잘되면 약속보다 더 큰 보상도 줄 수 있다. 무슨 일 있으면 알려."

"돈 꼭 줄 거지?"

토끼928이 말하자 전술 마스크는 제 마스크 위 이마를 탁 치면서 웃었다.

"그래. 인간은 못 믿어도 돈이야말로 믿을 수 있는 거지."

전술 마스크는 권총의 탄창을 빼더니 딱 한 발만 남겨 장전한 다음 그것을 토끼928에게 넘겨주었다.

"주변에 못 믿을 남자 놈들만 남겨 두고 가니 안쓰럽네. 자, 받아."

토끼928을 상당히 믿는 듯 보였지만 사실은 노련한 한 수였다. 딱 한 발의 총알로 주변에 남은 각시탈이나 기자보다는 우위에 설 수 있다. 그러나 부하를 거느리고 있는 전술 마스크에게 당장 대적할 수는 없을 것이다.

전술 마스크는 부하를 데리고 밖으로 나가 버렸다. 상관과 안경의 시신은 그대로 둔 채였다. 그리고 트레일러 문을 철컥 잠가 버렸다. 그뿐만 아니라 트레일러 내부의 전기도 끊어 버렸는지 모니터와 각종 장치가 모조리 꺼져 버렸다.

그 안에는 한 발 남은 총을 쥔 토끼928과 각시탈 그리고 꽁꽁 묶인 기자와 시체 두 구만이 어둠 속에 남아 있을 뿐이었다.

"저게…… 뭐요?"

트레일러 밖으로 나온 전술 마스크에게 뒤차로 따라온 듯한 '고객'이 물었다. 그는 막 뒤따라온 트럭들에서 내리는 무장한 병력들을 보고 놀란 참이었다. 물론 모두가 무장한 것은 아니지만 몇몇은 총과 사제 총기를 지니고 있었고 몇몇은 이미 초병들의 소총과 실탄도 노획해 챙기고 있었다. 무엇보다도 뭔가 수상한 등짐을 멘 채 조심스럽게 걷는 두 남자를 보고서 '고객'은 물은 것이다.

"뭐겠소? 증거 없애는 물건이지."

딱 봐도 대량의 폭발물임을 짐작한 '고객'은 몹시 놀랐다.

"미스터 정."

"왜 그러쇼?"

"당신, 일 너무 크게 벌이는 것 아니오?"

"당신에게 줄 건 준다니까? 뭐, 불만 있소?"

"내부 조력자도 있는 걸로 아는데……."

"당신들이 도면만 원했다면 그냥 그 사람이 들고 나오면 그만이었지. 그런데 당신들이 현물을 원하지 않았소? 세계가 놀라는 K-방산품, 돈 주고도 못 사니 어떻게든 직접 만져 보려고 말이오. 그러니 이럴 수밖에 없지. 장비는 애초부터 그쪽에서 대 줬잖소."

"그 때문에 여러 가지 지원도 했지만 이렇게 대놓고 일을 벌이는 건…….."

"아, 그건 내가 알아서 할 테니 신경 끄쇼."

"이렇게까지 많은 인력을 동원할 일이오? 뭘 원하는 거요?"

"뭐, 별것 없소. 좋은 건 다 챙기려고 하는 거지."

"우리한테 넘기는 것 외에도 무기를 따로 더 챙긴다고? 반란이라도 일으킬 생각이오?"

"무슨 그런 말씀을. 수십만 대군하고 싸우는 건 사양이라고. 그러나 다 쓸데가 있고 팔 데도 있지."

그러면서 그는 양팔을 크게 벌리며 미친 것처럼 중얼거렸다.

"무기는 힘이잖소. 갖고 싶었다고!"

그 목소리에 깃든 광기를 느낀 '고객'은 소름이 끼치는 것 같았다.

"제정신이오?"

"당연히 제정신이오. 잘나가는 한국 방산, 비밀에 부쳐진 시제품들이 탐나지 않을 수 없잖소? 당신들처럼 탐내는 자들도 많을 거고, 정 뭣하면 직접 써도 되고. 하하하."

'고객'은 기가 막힌 듯 말했다.

"당신 혼자 일하는 게 아니잖소. 잘 알고 있소. 당신 윗분도 이런 사태까지는 안 바랄 텐데……."

그러자 전술 마스크, 미스터 정은 대답도 없이 갑자기 배를 잡고 깔깔 웃었다. '고객'은 잠시 조용히 그를 지켜만 봤다.

그러다가 미스터 정이 말했다.

"당신, 아직도 그분에 대해 하나도 모르는구먼. 하하."

"이 정도 일을 벌이면 거의 국가 재난급이잖소?"

"하하. 그거야말로 그분이 바라시는 거라니깐?"

"무슨 소리요?"

"됐고, 혹시 이런 생각 해 봤소?"

"무슨 생각 말이오?"

"당신이 말하는 윗분하고 내가 말하는 윗분이 서로 좀 다른 거 같단 생각 안 드쇼?"

그러면서 미스터 정이 손가락으로 동그라미를 그려 돈 표시를 해 보였다.

"내가 섬기는 분은 이거요, 알겠소?"

그 말에 '고객'은 많이 놀란 것 같았다.

"아니, 그건……."

"그냥 원하는 거만 갖고 꺼지쇼. 돈은 차질 없이 지불하고."

"원하는 것만 얻으면 그건 당연하오. 그런데……."

‘고객’은 트레일러 쪽을 한번 힐끗 돌아보며 물었다.

“토끼928은 능력이 대단하던데. 우리가 데려갈 순 없겠소?”

미스터 정은 딱 잘라 험상궂게 말했다.

“안 돼.”

“저 능력, 한 번만 쓰기는 좀 아까운데…….”

“그건 나도 알아. 하지만 안 된다니깐? 저년은 전에 내 얼굴을 봤어.”

“그럼…….”

‘고객’이 말끝을 흐리자 미스터 정은 아주 당연하다는 듯 말했다.

“당연히 치워 버려야지. 다른 것들도 싸그리 다. 처음부터 다 그렇게 계획이 돼 있었다고.”

동훈은 사이렌 소리가 들리지 않자 무심코 중얼거렸다.

“꺼졌네요.”

조금 전 동훈은 어떻게든 3도 정도로 장약을 설치해 기폭시켰다. 그 후 이 선생의 옆으로 돌아와 무겁고 덥기 그지없는 철제 마스크를 벗고 땀을 닦고 있던 참이었다.

그러자 이 선생은 중얼거렸다.

"그냥 오류일 거라 그랬잖아. 하던 거나 마저 하자고."

"네."

"똑바로 해. 좀 서둘러서 빨리 끝내자."

"이제 와서 끝내도 집에는 못 갈 거 같은데요."

"집? 그냥 숙직실 가서 좀 자면 되지, 무슨 집?"

"아…… 또요?"

"조금만 참아라. 4과 레이저 팀에 뒤처지고 싶냐?"

동훈은 입을 다물었다. 이 선생과 동훈은 3과 소속으로 전통적인 화약류, 즉 이 선생이 좋아하는 '파이로테크닉'을 다루는 과였다. 원래는 더 복잡하고 큰 부서에 속했지만 부서 내 여러 파트가 드론 연구 쪽으로 파견을 나가면서 과로 분류되게 됐다. 3과라는 것도 기존의 제3연구부가 고폭약이나 추진제를 다뤘다는 전통적 의미에서 번호만 따온 것이다.

그에 비해 4과는 첨단 무기를 개발하는 부서로, 역시 제4연구부 소속에서 갈라져 나온 셈이기에 그렇게 불렸다. 그런데 4과는 무기 개발과 관련해 이 선생의 연구와 반대되는 개념을 들고 나섰다. 즉 두 과 간에 경쟁이 붙은 것이다.

동훈이 설치하여 시험하고 있는 것은 드론용 소형 모듈 장약, 쉽게 말해 드론에서 발사하는 초소형 발사체였다. 어떻게 보면 총알이나 다를 바 없는 물건이지만 차이점이 있었다. 보통 총알이라면 총이 있어야만 발사된다. 총신이 있어야 폭발압을 전달받아 지향성을 갖고 발사되는 것이다.

그런데 드론에 총을 달려면 무게가 많이 나가고 거추장스러웠다. 또 총을 달면 반동도 버텨야 하므로 구조도 튼튼해야 했다. 그렇게 되면 드론은 점점 커질 수밖에 없었다. 그렇다고 총알만 달면 정확하지 않았다. 미사일을 장치하기에는 역시나 더 큰 대형 드론이 요구됐다.

그래서 이 선생은 총 같은 별도의 장치 없이도 정확한 궤도로 발사되는 작은 발사체가 있다면 드론 무기의 혁명이 될 것이라 생각했다. 커다란 드론이 아니라 아주 작은 경량급 드론으로도 어느 정도의 화력을 투사할 수 있게 되기 때문이었다. 물론 강력한 화력은 아니며 실제 위력은 총알만도 못하지만 말이다. 아마 방탄 헬멧조차 뚫기 어려울 것이다.

그러나 이것을 써먹을 곳이 있었다. 바로 대드론용 무기였다. 공격용 드론은 어차피 어느 정도 커야 하는데, 그런 드론을 어떻게 상대해 효율적으로 잡아내느냐가 문제였다. 이 선생은 아주 작고 날렵한 드론으로 조금 더 큰 드론을 요격할 수 있다면, 그것도 값싸게 해낼 수 있다면 당연히 큰 효용이 있을 거라고 생각했다.

지금 시험 중인 모듈 장약은 탄환을 날리는 게 아니라 셀프 포징이라는 특수한 공법, 즉 화약의 앞에 디스크를 부착해 폭발시키면 그 디스크가 곡률에 따라 한데 뭉쳐져 날아가는 방식을 취했다. 그렇기에 총열이나 강선(腔線)이 없어도 굉장한 속도의 발사체를 날릴 수 있었다.

물론 강선이 없으니 회전할 수는 없다. 그래서 한참을 날아가면 자연히 탄도가 불안정해져서 흐트러지곤 했다. 그러나 거의 화약 폭속(爆速)과 비슷한 속도로 날아가므로 근거리에서는 충분히 정확한 명중률을 가질 수 있다는 게 이 선생의 생각이었다.

사실 넓적하다는 것 외에는 총알과도 다를 바 없었다. 뒤에 뇌관이 있고 추진제 대신 미량의 고폭약이 쓰이며 탄자(彈子) 대신 넓적한 디스크가 붙어 있을 뿐이었다. 손가락 한 마디 크기도 안 되는 이 작은 물건이 어느 정도 거리에서 총신을 거친 탄환 이상으로 정확하게 날아가게 하기 위해선 상당한 기술이 필요했다. 그것이 바로 이 선생이 항상 외치는 '파이로테크닉', 즉 화약을 이용한 고정밀 기술을 뜻했다. 그는 과거에 이렇게 말한 적이 있었다.

"나 젊었을 땐 컴퓨터가 후달려서 이런 거 상상만 했지 만들 엄두도 못 냈었다. 근데 지금은 쉽지. ISIS(Islamic State of Iraq and Syria, 이라크·시리아 이슬람 국가) 반군의 무식한 놈들도 대강 만들 정도야. 나 젊었을 때 이게 가능했다면 기깔난 거 많이 만들었을 텐데……."

설계는 어렵지만 일단 완성해 놓으면 총알과 비슷하게 대량 생산이 가능하며 이것을 장착할 드론 또한 작고 경량급이어도 되기에 운용도 편하다. 휴대폰에도 들어가는 작은 카메라 하나로 조종해 상대를 포착하면 바로 쏘아 떨굴 수 있다. 게다가 조종기를 약간의 인공지능을 넣은 컴퓨터와 연결한다면 굳이 일일이 조종하지 않아도 군집으로 근처를 비행하는 다른 드론들을 요격할 수 있다는 주장이었다.

물론 이 선생의 이런 주장을 반대하는 과도 있었다.

"그건 이제 구시대의 유물 같은 겁니다. 앞으로 다가올 새로운 시대에는 그깟 구닥다리 파이로테크닉 말고 신기술을 써야 한다고요."

그런 말을 공개적으로 한 것이 바로 4과 과장인 장 박사였다. 그는 설령 탄을 정밀하게 만들더라도 경량 드론의 비행 성능이 정밀도가 떨어져서 실제로 맞히려면 너무 힘들다는 것,

그리고 추진제도 아니고 고폭약으로 운용되는 셈이라 위험하다는 점 등등을 반대의 이유로 꼽았다.

그리고 드론 무기로는 폭발탄보다 레이저가 훨씬 유용하다고 주장하기도 했다. 장 박사는 언뜻 온화해 보이지만 실제로는 굉장히 자존심 강하고 남을 상처 주는 모난 인간이었다. 이 선생과는 좀 결이 다른 모남이었는데 이 선생이 욕지거리를 함부로 하되 뒤끝은 없는 유형이라면 장 박사는 말투는 곱되 은근히 가시 돋친 말로 상처를 잘 주고 후환도 많은 성격이었다.

물론 레이저는 대규모의 전원이 필요하므로 드론에 달 수는 없지만 광속의 레이저 빔은 회피 불가능이므로 지상에서 모조리 떨어뜨리면 되지, 귀찮게 드론을 띄워 요격할 필요조차 없다는 것이 장 박사의 주장이었다.

그러나 이 선생은 레이저가 좋지만 아직은 기술이 모자라 폭발탄과 병행해야 한다고 주장했다. 레이저 빔은 빛이다 보니 사거리가 짧고 날씨에도 제한이 크며 대규모 방어 시설이 필요하므로 무력화되기도 쉽다. 무엇보다 즉각 드론을 떨구기에는 출력이 부족하다고 이 선생은 맞받아쳤다. 레이저 빔의 사거리는 몇 킬로 이상이 되기 어렵지만 요격 드론은 드론의 비행 거리만큼 얼마든지 멀리까지 투사가 가능하다는 것이었다.

그러므로 아직 출력 부족으로 단거리밖에 유용하지 못하는 레이저와 폭발탄 모두 병행해야 한다고 했다. 그러나 장 박사는 이중 개발은 예산 낭비라며 제 고집만 부렸다.

사실 양측의 주장이 다 일리가 있었고 문제점도 양쪽 다 존재했기에 집행부에서는 시제품 제작을 요구했다. 양측 모두의 효용성을 보고 결정할 생각이었던 것이다. 그와 별개로 동훈은 4과에서 이 선생에게 너무 무시하는 듯한 발언을 한 것이 좀 심하다고 생각했다.

한편, 이 일로 인해 빈정이 상하기도 하고 자신이 신봉하는 파이로테크닉이 무시당했다 생각한 이 선생은 저쪽보다 먼저 결과를 내기 위해 하청 업체들은 물론 동훈까지 들들 볶으며 폭주하게 된 것이다.

아무튼 집에는 안 보내 줄 것 같은 이 선생의 말에 동훈은 한숨을 내쉬었다. 그러는 사이 이 선생은 결과가 조금 마음에 안 드는지 인상을 쓰고 있었다.

그것을 보고 동훈이 넌지시 말했다.

"결과가 안 좋은가요?"

"아니, 안 좋은 건 아닌데…… 좋은 결과도 아냐. 3도만 틀어져도 반동이 꽤 되는데, 그건 드론에 가해지는 힘이 크다는 거잖아. 한 발 쏘는 건 문제가 없지만 연속 발사하면 누적돼서 드론이 떨어지겠는데. 근데 이게 줄지를 않아.”

“3도 정도로도 반동이 크게 올 정도면 연속 발사는 애초에 어려운 거 아닌가요?”

이 선생은 화난 듯 흰 머리칼을 양손으로 벅벅 긁으며 성질을 부렸다.

“아, 빌어먹을! 맘대로 되는 게 하나도 없네.”

“접합부에 댐퍼(완충장치)를 달면 안 되나요?”

그러나 이 선생은 딱 잘라 말했다.

“바보냐? 그러느니 그냥 총을 달고 말지! 복잡하게 할 거면 뭐 하러 이 고생을 하냐고!”

“그…… 그런가요?”

“단발은 문제없지만 그걸론 영 효율이 떨어진다고…….”

이 선생은 다시 말했다.

“동훈아, 한 번만 더 해 보자. 2.5도로. 그 정도는 드론 설계할 때 어떻게든 맞춰 보라고 할 수 있을 것 같으니 2.5로 해도 그런지 한 번만 더 해 보자. 아직 탄 많잖아.”

그러면서 이 선생은 저만치 구석에 놓여 있는 탄통을 가리켜 보였다. 조그마한 물건이기에 탄통에는 백 발도 넘는 탄들이 준비돼 있었다. 그러나 그냥 그러자고 하면 그 많은 것을 일일이 각도 맞춰 가며 다 써야 잘 수 있을 것 같아 동훈은 울상을 지었다.

"저…… 3도도 힘든데 0.5도를 무슨 수로 맞추나요? 그건 손으로 대강 맞춰서 될 것도 아니고 공무부에 틀 깎아 달라고 해야 할 것 같은데요?"

"그건 좀 힘들까?"

"선생님, 실험은 제대로 해야죠."

"아, 한시가 급한데…… 그럼 이거는 내일 공무부에 급히 틀 깎아 달라고 하자. 네가 도면 정도는 그려 줄 수 있지? 간단한 거니까."

"네."

그러자 이 선생은 좀 기분이 가라앉았는지 한결 누그러진 목소리로 말했다.

"동훈아, 힘들지?"

"괜찮아요."

"아냐. 네가 고생이 많지. 나한테 괜히 욕이나 듣고…… 수고가 많다."

'그럴 거면 애당초 욕 좀 하지 말라고요.'

그런 말이 목구멍 바로 아래까지 올라왔지만 동훈은 꿀꺽 삼켜 버렸다. 이 선생과도 꽤 오래 부대껴서 그가 악의로 그러는 게 아니란 건 이미 알고 있었기 때문이다. 오히려 평상시의 이 선생은 점잖기 그지없었다.

"내가 성질이 급해서 그렇다. 그래도 어쩌겠니? 돈 벌자고 하는 것도 아니고 나라 지키자고 하는 일인데."

"네, 알아요."

말은 그렇게 했지만 사실 동훈은 나라니 뭐니 이젠 다 까먹은 지 오래였다. 아니, 왜 살아가고 있는지조차 잘 기억나지 않았다.

이 선생은 다시 동훈을 달래듯 말했다.

"그래도 네가 고생이 많다. 내일이라도 소주 한잔하자. 내가 사마."

속으로 동훈은 울상을 지었다. 동훈도 술을 싫어하는 건 아니다. 오히려 좋아했다. 그러나 이 선생은 동훈 정도로는 감당이 안 되는 술고래였다. '나 젊었을 때'를 계속 들어야 하지만 그래도 술자리 자체는 나쁘지 않은데 문제는 다음 날도 어김없이 정시 출근해 온갖 일을 해야 한다는 데 있었다. 과음으로 인한 숙취에 속이 뒤집어지더라도 일은 반드시 해야 하는 게 두려운 것이다. 동훈은 어차피 이 선생의 카리스마에 눌릴 게 분명하더라도 어떻게든 꾀를 부려 보려 했다.

"아, 요즘 제가 약을 먹어서……."

그런데 그때 밖에서 탕 하는 소리가 들려왔다. 그 즉시 동훈과 이 선생은 안색이 변했다.

"이거 총소리 아닌가요?"

이 선생은 더 심각한 표정이 됐다.

"엽총도 아니고 우리 군이 쓰는 총에서 나는 소리도 아닌데?"

다른 사람도 아니고 골수 화약쟁이인 이 선생이 총소리를 구분 못 할 리가 없었다. 그냥 총소리라고만 아는 게 아니라 멀리서 소리만 들어도 어떤 총기에서 나는 소리인지, 익숙한 총기라면 탄이나 총기 상태까지도 반쯤 판별해 내는 귀신이 이 선생이었다. 그가 만져 보지 않은 군용 총기는 하나도 없었다. 워낙 오만 것이 다 있는 미국 민수용 총기까지는 다 몰라도 소리만으로 탄의 종류만은 정확히 구분해 내는 도사였다. 게다가 방산 고참인 그는 보통 사람은 알 길이 없는 적성국 화기도 다 알았다. 그가 우리 군이 쓰는 총기 소리가 아니라고 하면 분명 아니었다.

그러나 동훈은 이 선생의 말이 무슨 의미인지 단번에 이해하지 못했다.

"그게 무슨……?"

이 선생은 서둘러 손가락을 세워 입술을 막았다.

"쉿!"

뒤이어 몇 차례의 총소리가 다시 울렸다. 방금 것처럼 좀 큰 소리도 있고 조금 먼 곳에서 들려오는 듯한 작은 소리도 있었다. 드르륵하는 연사 소리도 들려왔다. 이 선생의 표정이 몹시 심각해졌다.

"아니, 대한민국에서 왜 구소련제 총기 소리가 나냐? 아시발이네."

"정말 시발 같네요."

"인마, 그게 아니고 총기 이름이 에이에스-발(AS-VAL, 구소련이 제작한 특수 목적용 돌격 소총)이야. 그래서 아시발이라고 하는 거고. 아음속(亞音速) 탄을 쏘는 총인데……."

"이름보다 총소리 나는 게 더 문제 아닌가요?"

"그것도 그런데, 왜 구소련제 총기 소리가 섞여 들리냐고!"

그제야 상황을 조금 짐작한 동훈의 온몸이 얼어붙었다.

"그…… 그럼 우리 습격받는 거예요? 총 든 놈들, 아니 적성국 놈들한테요? 이 방산 단지가요?”

이 선생도 이미 얼굴이 하얗게 질려 있었다.

“……그런 것 같다.”

“기태, 왜 그래?”

“초병은 물이었는데, 오히려 안쪽이 빡센데요?”

부하 중 한 명인 기태가 미스터 정에게 헐떡이며 말했다.

그는 순둥한 표정에 선량한 인상이었지만 체격은 몹시 다부졌고 눈빛 또한 매우 날카로웠다. 그러나 그런 그도 당황했는지 눈빛이 조금 흐려져 있었다.

미스터 정은 태연히 말했다.

“초병은 민간인 상대하니까 그런 거지. 그래도 명색이 방산 기술연구단지인데 안에 무장 경비원이 없겠냐? 로봇 안 오는 게 어디야?”

사실 정문 초병은 민간인 차량도 자주 드나들 수 있는 곳을 지키니 중무장을 안 하는 편이 맞았다. 그러나 방위산업체이니만큼 내부에 무장 경비원 정도는 당연히 있었다. 보안장치가 꺼지긴 했지만 총성이 들리자 몇몇 경비원들이 달려와 저항하는 중이었다.

기태가 다시 말했다.

"테이저 건이 주종이긴 합니다만 간혹 실탄 사격도 날아옵니다."

그가 겁먹은 듯 말하자 미스터 정은 짜증을 냈다.

"그래 봐야 권총 나부랭이고 탄환도 얼마 없을 거야! 소총 들고 권총도 못 이기면 나가 죽어야지! 싹 쓸어버려!"

"권총이라도 맞으면 죽는데요."

"이것들, 군대 안 다녀왔어?"

"저 UDT 출신인데요."

"너 말고 인마, 다른 허접들."

그때 미스터 정의 품 안에서 휴대폰이 울렸다. 미스터 정은 곧 휴대폰을 꺼내 발신자를 확인하고는 내키지 않는 듯 통화를 시작했다.

"나요."

그러자 휴대폰 너머에서 다급한 목소리가 들려왔다.

[이게 뭡니까! 총까지 쓰는 거요? 조용히 창고 문 열어 주면 물건만 가지고 나가는 것 아니었냐고!]

아마도 대현방산기술연구단지 내의 내통자인 것 같았다. 그는 몹시 당황한 것 같았다.

미스터 정은 심드렁하게 대답했다.

"일이 좀 꼬여서. 곧 갈 테니 대기하고 있으쇼."

[하, 지금 이렇게 일을 벌여 놓고…….]

내통자가 항의하려 했으나 미스터 정은 대뜸 휴대폰에 대고 고함을 쳤다.

"곧 갈 테니 기다리라고! 내빼면 넌 직방으로 걸리는 거야. 아니, 내 손에 죽는 거야. 그러니 고개나 푹 숙이고 잠자코 기다려!"

[이거 너무한…….]

그러나 미스터 정은 그냥 전화를 끊어 버렸다. 미스터 정은 곧 기태를 돌아보며 말했다.

"옌볜이한테 총 주자."

"네? 옌볜을 쓰시려고요?"

"이럴 때 쓰려고 연변 거지 꽃제비 새끼 데려온 거 아니냐."

"그 새끼 너무 위험한데요. 속을 알 수 없는 놈이라……."

"됐어. 그놈도 이젠 자본주의 물 다 먹었고 이 정도 판이 됐으면 지도 알아서 할 거야."

"그 새낀 드라구노프(구소련 저격 총) 아니면 못 쏜다고 지랄하는데……."

“그거 준비해 뒀어. 두 번째 차 짐칸 보면 있을 거다. 어서 꺼내 쥐여 주고 다 죽여 버리라고 해!”

그러더니 그는 휴대폰을 품에 집어넣고 다시 권총을 꺼내 하늘을 향해 두어 방 쏜 다음 외쳤다.

“5분이다. 5분 내로 2번 창고까지 돌격한다! 못 하면 우린 다 끝장이야! 선착순 한 명은 보너스 1억! 제일 삐대다 뒤처지는 놈은 내가 직접 쏴 죽인다!”

미스터 정의 엄포가 있자 열 명이 넘는 부하들은 각종 화기를 난사하며 앞으로 돌진하기 시작했다. 마구 날아오는 눈먼 권총보다는 돈과 미스터 정의 총이 훨씬 더 무섭다는 것을 익히 아는 것 같았다.

그사이 트레일러에 갇힌 토끼928은 각시탈과 마주하고 있었다. 안은 어두웠지만 내부의 장비가 장비인 만큼 최소한 데이터가 저장될 때까지 몇 초 동안 버티게 해 주는 UPS(무정전 전원장치)와 배터리는 있었다. 그래서 전원이 나가는 순간 데이터들이 자동 저장되고 붉은 비상등이 조금이나마 들어와 완전히 암흑은 아니었다.

내부가 조용해지자 트레일러의 벽으로도 가려지지 않은 총소리가 조금씩 울려왔다. 그런 뒤숭숭한 상황에 붉은 조명 아래에 있으니 분위기는 더욱 스산했다.

토끼928이 각시탈에게 말했다.

"이봐."

"왜?"

"빠져나갈 방법 없겠어?"

"무슨 소리야?"

토끼928은 꽤나 다급하게 말했다.

"지금 빠져나가지 못하면 다 죽어."

그러나 각시탈은 불쾌한 듯 대답했다.

"왜 죽어?"

"그럼 저것들이 순순히 돌아와 돈 주고 풀어 주고 할 거 같아? 벌써 사람 몇이나 죽였는데!"

"넌 저놈들 편이잖아. 공도 세우고 총까지 받고!"

그러자 토끼928은 기가 막힌다는 듯 각시탈을 바라보았다.

"허접 새끼, 너 진짜 바보구나?"

"뭐?"

"자칫하면 이 트레일러가 우리 관 되는 거야."

"저놈들 말 순순히 들어서 보안 다 꺼 준 년이?"

“이 병신아, 안 그랬음 우리도 저 사람 꼴 났어!”

그러면서 토끼928이 죽은 안경을 가리켜 보였다.

그러나 각시탈은 여전히 믿지 못하겠다는 듯 말했다.

“그 상황에서도 두 배나 더 불렀으면서? 돈만 아는 년은 안 믿어.”

“야, 그거 내가 머리 쓴 거야! 그래서 그놈이 당장 안 죽인 거라고! 그렇게 했으니 조금이라도 여지를 둔 거지, 아니었으면 보안 풀자마자 바로 죽었어, 우리 전부!”

각시탈은 잠시 솔깃한 듯했지만 여전히 고집스럽게 말했다.

“그래도 넌 못 믿겠어. 총도 받았잖아. 죽일 년한테 왜 총까지 주겠어?”

그러자 토끼928은 한숨을 푹 쉬었다.

“너, 이거 왜 준 건지 알아?”

“나 감시하라고 준 거 아냐?”

“바보야. 최후의 순간에 고통 없이 죽으라고 준 거야. 알아서 자살하라고! 아마 그놈들, 이 차째 태워 버리려는지도 몰라!”

“비싼 장비가 가득한 이 차를?”

“상대는 나라야, 나라! 이놈들이 빼돌리려는 건 무기라고! 그런 마당에 비싼 장비건 뭐건 목적만 달성하면 다 버리는 게 당연하지! 이 정도 일을 벌였으면 남은 증거 싹 지우고 튀는 게 당연하잖아! 우린 안에 갇혀 찍소리도 못 하고 죽는 거고!"

그제야 각시탈도 조금 정신이 드는 듯 급히 몸을 일으켰다. 그리고 트레일러 문을 열려고 했지만 밖에 자물쇠가 걸려 있는지 덜컹거리는 소리만 날 뿐 열리지 않았다.

"안 열려! 이거 어쩌지?"

"그게 열리겠냐? 그런 거 말고, 너 휴대폰 없어?"

각시탈은 조금 당황했지만 그래도 멍하니 말했다.

"처음에 다 뺏겼지. 그러는 넌?"

"나도 없으니 물었지!"

각시탈은 그제야 바닥에 꽁꽁 묶인 채 짐짝처럼 뒹굴고 있는 기자를 바라보았다.

"이 사람, 기자라고 했지? 이 사람은 있을지도 몰라."

"이미 뺏겼을 거 같지만 그래도 해 보자."

토끼928과 각시탈은 곧 기자의 포박을 풀기 시작했다. 앙칼지게 말한 것과 달리 토끼928은 손을 벌벌 떨 뿐 줄 하나를 제대로 풀지도 못했다. 그러다가 그녀는 곧 무슨 생각을 했는지 한 걸음 뒤로 물러서서 총을 서툴게 겨눠 들었다.

"뭔 짓이야?"

각시탈이 묻자 토끼928은 대답했다.

"난 이 사람을 못 믿겠어. 이 사람이 저들과 한패 아니란 법 있어?"

듣고 보니 각시탈도 미심쩍은지 되물었다.

"그럼 풀지 말까?"

"아니, 한패 아닐 수도 있으니 일단 풀어 봐. 휴대폰이 있을지도 모르잖아. 여차하면 쏴 버리지, 뭐."

각시탈은 비웃듯 말했다.

"쏠 줄은 알고?"

그러면서 각시탈은 기자의 팔을 묶은 포박을 풀었다. 그러자 기자가 상반신을 벌떡 일으켰다. 각시탈은 놀라 뒤로 주춤 물러섰다.

"기절한 거 아니었어?"

그러자 기자는 곧 자신의 팔을 들어 올려 입을 막은 덕트 테이프를 떼어 냈다. 사지가 쑤시는 듯 몸을 몇 번 움직이더니 차분하게 대답했다.

"그런 척했을 뿐입니다. 안 그러면 바로 죽을 것 같아서요."

"진짜 기자 맞아요?"

"네. 진짜 기잡니다. ○○일보의……."

그러자 토끼928이 처음 들어 본다는 듯 말했다.

"○○일보도 있어요?"

그 말에 각시탈이 말했다.

"넌 아는 게 없구나. 없어."

"작은 신문사라서요. 저는 사회부의 유영 기자입니다."

길고 긴 밤

영

"외자 이름이세요?"

"네. 많이들 유령이라고 알아듣죠. 그러나 령이 아니라 영입니다."

"그렇군요. 근데 우린 이름 못 밝혀요."

"해커분들이라니 이해합니다. 험한 일에 엮이셨네요."

"아니, 그런 건 됐고 혹시 휴대폰 있으세요?"

그러자 유영은 가볍게 고개를 저었다.

"잡혔을 때 다 뺏겼습니다."

그 말에 토끼928은 바닥에 털썩 주저앉았다.

"아, 그럼 어쩌지? 신고도 못 하고."

"그런데 어쩌다가 잡혀 온 건가요? 그냥 기자가?"

그 말에 영은 뒷덜미를 문지르며 말했다.

"저도 정말 이럴 줄 몰랐어요. 전 정치권하고 폭력 조직이 얽힌 것 같아서 그 뒤를 캐고 있었거든요."

"폭력 조직요?"

"네. 단순한 정치 조폭들이라 생각했는데 이런 일을 벌일 줄은 정말 몰랐어요."

"아니, 그러면 이놈들이 조폭들이란 건가요?"

"대다수는 그렇겠죠. 그래도 단순한 조폭은 아닐 겁니다."

"왜요?"

"그냥 조폭이라면 절대 이런 짓은 못 해요. 사람들 등이나 치지, 나라를 상대로 싸우려는 생각 따윈 못 하죠. 살인도 불사하고 방위산업체에 총질까지 하면서는……."

그러면서 영은 간단히 덧붙였다.

"뭔가 아주 큰 뒷배가 없으면 이런 짓 못 해요."

그러자 각시탈이 말했다.

"외국에 방산 기술 팔아먹을 것 같던데. 그보다 더 바라는 것도 있는 것 같고요."

“네. 그러니 뒷배가 있다는 거죠. 굉장히 강한 누군가가 뒤에 있는 것 같습니다.”

그때 토끼928이 떨리는 목소리로 말했다. 여전히 총은 꽉 쥐고 있었다.

“이거 굉장히 심각한 상황인 거 아시죠? 근데 되게 침착하시네요?”

토끼928이 의심스럽다는 낌새를 보였음에도 영은 당황하지 않고 도리어 피식 웃었다.

“꼴사납게 허둥댄다고 상황이 좋아지진 않잖아요.”

그러다가 영은 토끼928을 힐끗 보며 말했다.

“저 쏠 건가요?”

“네? 아뇨. 아니, 상황에 따라서…….”

토끼928이 당황하자 영은 침착하게 말했다.

“그 총, 안 쏠 거면 너무 힘줘서 꽉 쥐진 마세요. 자칫하면 격발됩니다. 그러다 저 죽어요.”

그 말에 토끼928은 급히 덜덜 떨리는 손으로 총구를 내렸다. 그러자 영은 죽어 있는 안경과 상관을 가리키며 다시 말했다.

“그리고 그 총, 저기 저 사람들 죽인 총 아닙니까? 이제 당신 지문이 묻었고요.”

“아, 그러고 보니…… 그 자식이 나한테 덮어씌우려고! 젠장!”

토끼928이 총을 버리려 하자 영은 다시 말했다.

“그렇다고 버릴 건 없어요. 상황이 좋지 않으니까요.”

영은 곧 끙 소리와 함께 몸을 일으키려다가 다시 주저앉았다. 그러더니 뒤통수를 손으로 감싸 쥐었다. 아마도 잡힐 때 몹시 강하게 맞아 후유증이 남은 것 같았다.

“많이 다쳤나요?”

각시탈이 걱정스레 묻자 영은 신음을 내면서도 목소리만은 애써 태연하게 대답했다.

“그런 것 같네요. 하지만 곧 죽게 생겼는데 참아야죠.”

영은 몸을 억지로 일으키더니 트레일러 내부를 손으로 짚어 가며 살폈다. 토끼928이 중얼거렸다.

“전자파도 안 새어 나가게 돼 있는데 틈새 같은 게 있겠어요?”

그러자 각시탈이 말했다.

“그럼 설령 휴대폰이 있더라도 무용지물이잖아?”

그 말에 토끼928은 당황했다.

“아…….”

“똑똑한 척은 다 하더니만…….”

그때 영은 주섬주섬 트레일러 내부를 한 바퀴 손으로 짚어보고는 말했다.

"나갈 구멍 따윈 없겠는데요."

"역시……."

토끼928이 낙심하자 영은 잠시 뒤통수를 문지르다가 말했다.

"아까 보니 외부 휴대폰도 해킹해서 조작하시던데……."

"할 수야 있죠! 근데 전원이 나가 장비를 못 써요!"

"전원을 다시 켤 순 없나요? 저기 스위치도 있는데?"

"그거 운전석에서 아예 전원을 차단한 거라, 켜도 소용없어요."

"운전석은 못 가죠?"

"당연하죠!"

영은 다시 입술을 깨물고 고민하다 말했다.

"저 장비 전기 많이 드나요?"

"네? 아마 그럴걸요?"

"그…… 휴대폰 해킹하는 장비만 작동시키는 데도 많이 필요한가요?"

그러자 각시탈이 말했다.

“어…… 그것만 떼어 내서 전원만 강제로 이어 주면 작은 전원으로도 일단 잠시 켤 순 있을 거예요. 제 전문이죠. 그런데 전원이 있어요?”

“휴대폰은 없지만 배터리는 있어요.”

그러면서 영은 발목을 걷어 보였다. 그러자 거기에 둘둘 말려 있는 조금 큼직한 배터리 뭉치가 보였다.

“보조 배터리예요?”

“제가 기자라서요. 언제 사진 찍고 휴대폰을 충전해야 할지 몰라서 보조 배터리 큰 걸 가지고 다니거든요. 아까 휴대폰은 뺏겼어도 이건 안 뺏겼어요.”

그러면서 영은 다른 쪽 발목도 걷어 보였고 거기에도 역시 보조 배터리가 묶여 있었다. 그것을 본 토끼928이 좀 이상하다는 듯 말했다.

“그걸 왜 거기에 묶고 다녀요?”

“운동 겸해서요. 모래주머니 대신 묶고 다녀요.”

“운동요?”

“네.”

“……운동을 그렇게 하는 사람은 처음 보네요.”

토끼928이 뭐라 하건 말건 각시탈은 영이 내밀어 주는 배터리를 받아 들어 용량을 확인한 다음 말했다.

"꽉 차 있어요? 충전요."

"나올 때 완충하고 안 썼으니 대강은요."

"그럼 한 몇 분 정도는 버틸 수 있겠는데요."

각시탈과 영은 동시에 토끼928을 바라보았다. 그녀는 조금 자신 없는 듯 말했다.

"그런 불안정한 전원 갖고 해킹하라고요? 몇 분 갖고?"

그러자 각시탈이 말했다.

"세계 9위는 할 수 있잖아."

"너…… 아니, 관두자. 근데 대체 어디를 해킹해?"

"아까처럼 하면 되잖아!"

"아까는 그냥 내던져 둔 휴대폰을 찾으면 됐지만 이번엔 누구 걸 해킹하냐고!"

영이 말했다.

"해킹까지 할 필요는 없잖아요. 여기서 전파는 못 나가도 장비로는 할 수 있는 거죠?"

"이 차 외부에 안테나가 있어요."

"그럼 해킹 말고 그냥 전화처럼 사용하면 되잖습니까."

"전화기처럼 사용은 못 해요. 해킹해서 그 전화로 여기 소리를 전달하는 것까지는 어떻게든 될 것 같은데 저쪽 소리를 듣진 못한다고요…….”

“어떻게든 전화로 의사만 전달되면 되는 거죠. 신고만 하면 되잖습니까?”

“아까 들었잖아요. 군부대는 안 통할 거예요.”

“아무 경찰에나 신고하면 되겠죠. 제아무리 그래도 모든 경찰까지 장악하진 못했을 테니까요.”

그러자 각시탈이 펄쩍 뛰었다.

“경찰에 신고라뇨. 우리도 잡혀가요.”

“그래도 그 편이 나을 것 같은데요.”

“신고는 안 돼!”

갑자기 각시탈이 흥분한 기색을 보였다. 그러자 토끼928이 수습하듯 차분하게 말했다.

“그렇다 쳐도 신고받고 오는 사이에 우리가 안 죽는단 보장 있어요?”

“그러면 어쩌자는 거죠?”

“누군가에게 도움을 청하면 어떨까요? 최소한 운전석에 누가 타서 장비에 전원만 넣어 주면 돼요. 아니, 운전해서 도망만 쳐 줘도 되고요.”

토끼928의 말에 영이 답답하다는 듯 말했다.

"지금 주변에 총알이 막 날아다니는데 누가 와서 그렇게 해 주겠어요? 그냥 신고합시다!"

각시탈이 다시 소리쳤다.

"당신은 그냥 기자니까 그런 소리 하겠지만 우린 아냐! 우리도 같이 잡혀간다고!"

그러자 토끼928이 소리쳤다.

"앉아서 그냥 죽는 것보단 낫잖아!"

"안 돼, 안 돼, 안 돼! 그건…… 그건……!"

각시탈이 갑자기 이상한 반응을 보이다가 돌연 울상을 지으며 토끼928에게 다가섰다.

"이봐, 생각 좀 해 보라고. 신고했다가 잡히면 죽은 거나 다를 바 없게 돼. 그런데 신고하자고? 그리고 저들이 꼭 우리를 죽인다는 보장도 없잖아."

토끼928도 지지 않고 맞섰다.

"너 아까부터 그 소리 하는데 그거야말로 네 희망 사항일 뿐이야."

"네가 너무 과민한 거 아냐?"

"야, 저 기자하고 같은 데 넣어 놓은 것부터가 우리도 처리한다는…….”

그때 각시탈이 갑자기 손을 뻗어 토끼928의 총을 잡았다. 토끼928은 예기치 못한 상황이라 당황해 총을 잡고 매달렸지만 각시탈이 한 대 후려치자 총을 빼앗기고 말았다. 각시탈은 곧 총을 고쳐 쥐고 다가오려는 영을 향해 소리쳤다.

“움직이지 마!”

영은 주춤하며 그 자리에서 손을 들고 멈춰 섰다. 그러자 토끼928이 외쳤다.

“이 새끼! 너 본색을…….”

각시탈은 피식 웃으며 말했다.

“오버 좀 떨지 말라고. 누가 어쩐대?”

“그럼 총은 왜 뺏어 가?”

“네가 들고 설치는 게 위험해 보여서. 걱정 마. 이거 총알 한 발밖에 없는 거 나도 잘 알아. 섣불리 쏘지 않을 거야.”

각시탈은 총구를 조금 낮추면서 웃었다.

“다만 내가 바라는 건 기다리자는 거야. 차분히 기다리자고. 신고 같은 거 할 생각 말고 말이야.”

“너, 한통속이었지?”

“섭섭한 소리 하지 마라. 나도 너와 같은 처지니까. 난 신고만은 바라지 않을 뿐이야.”

“제정신이야? 그럼 가만히 앉아 죽겠다고?”

“누가 죽인다고 했어? 잔금 받을 수도 있잖아. 너 자꾸 우리 다 죽는다고 그러는데 솔직히 난 못 믿겠어.”

“아니, 몇 번을 설명해야 알아들어?!”

토끼928이 악을 썼지만 각시탈은 은연중에 이미 체념한 듯도 했다.

“나 돈 필요하다. 그것도 굉장히. 잔금 못 받으면 설령 여기서 살아 나가도 산 게 아니야. 어차피 갈 데까지 간 거, 난 돈 받는 쪽에 걸어 보겠어. 그러니 당연히 신고 따위 못 하게 할 거고.”

“잊었나 본데, 이쪽은 둘이야! 총알은 하나고!”

그러자 각시탈은 히죽 웃었다.

“둘? 여차하면 난 이 남자부터 쏠 거야. 여자는 맨손으로도 충분하니까. 그러니 닥치고 조용히 기다려 보자고. 왜 문제를 사서 만들려고 해?”

그러자 내내 차분했던 영이 입술을 깨물었다.

“당신, 잘못 생각하는 거야. 신고라도 해야 살길이 생기는데…….”

“닥치고 기다려. 돈 받을 때까지…… 자꾸 떠들면 너희 전부
보내고 조용히 혼자 기다릴 거야. 신고는…… 신고는 안 된다
고…….”

길고 긴 밤

동훈과 이 선생

당황한 동훈은 안절부절못하고 있었지만 이 선생은 긴장한 상태에서도 나름 침착하게 뭔가를 했다. 동훈은 경황이 하나도 없어서 이 선생이 뭘 하는지 신경조차 쓰지 않았다. 그러다가 이 선생이 참다못해 말했다.

"거 좀 침착하라고! 나까지 정신 하나도 없네!"

"죄…… 죄송합니다."

동훈은 습관적으로 사과하다가 곧 말했다.

"근데 시발, 이게 정말 실환가요?"

이 선생은 그 와중에도 욕은 자신만의 전유물이라는 듯 꼰 대답게 말했다.

"욕하지 마, 시발아."

그러자 동훈은 조금 꼬리를 내렸다.

"죄송합니다. 근데 대한민국 내에서 어떻게 이런 일이……."

그러다가 동훈은 곧 뭔가 생각나서 말했다.

"보안장치는요?"

"빨리도 묻는다. 그거 이미 확인했어. 완전 먹통됐더라."

"아……."

"보안 과장, 이 쌍놈의 새끼. 뭐, 보안은 철벽이라고? 순식간에 다 꺼졌는데……."

"그럼 맹견은요? 맹견 로봇은요?"

"보안 시스템이 다 꺼졌는데 당연히 다 서 버렸지, 움직이겠냐?"

"그럼 군인들은요? 경계병들 있잖아요!"

그러자 이 선생은 자신의 귀를 가리키며 말했다.

"아까부터 듣고 있었는데 총소리가 조금씩 줄어든다. 싸움이 끝나 간단 소리지."

"설마…… 우리 군인들도 있는데 이긴 거겠죠?"

그러나 이 선생은 고개를 저었다.

"아냐, 소리 들어 보니 온갖 외제 총기가 섞여 있는데, 우리 경비원은 잘해야 권총밖에 없잖냐."

"네? 군인이 아니라 경비원들이 싸운 거예요?"

"총소리가 그래. 저쪽은 엽총도 있지만 자동 화기에 저격 총소리까지 나거든? 근데 응사하는 소리는 권총 딱총 나부랭이야. 텄어."

"아니, 그럼 우리 군인들은요? K-2 소리는 안 나요?"

"조금씩 나는데 아무래도 우리 군인들이 쏘는 것 같진 않아. 저쪽 일제사격에 섞여 들리거든."

"그게 어떻게 된 거죠?"

"총을 뺏긴 거 같아."

"군인이 저딴 것들에게 당해요?"

"군인이라고 사람 아니냐? 근데 이상해."

"뭐가요?"

"보안장치는 이미 먹통된 거 확인해서 내가 비상 전화로 옆의 경계 부대에 연락했거든?"

"그런데요?"

"아무도 안 받아. 어이가 없지."

"네? 아니, 군부대에서 안 받는다고요? 그거 밤새우며 지키는 거 아닌가요?"

"그게 맞는데 이 개쌍놈의 담당병들이 처자는 건지 받질 않는다고!"

"아니, 어떻게 그럴 수가 있어요?"

"그냥 빠진 것들이 처자든지, 아니면……."

이 선생도 강퍅한 얼굴에 당황한 빛을 떠올렸다.

"군부대도 당한 건지도 모르지."

"설마요……."

"아니, 그보다는……."

그러나 이 선생은 말을 다 잇지 않고 얼버무렸다.

"됐다. 설마 그런 건 아니겠지만…… 아무튼 군부대도 당장은 올 것 같지 않아."

"그러면 어쩌죠?"

"일단 경찰에도 신고는 넣었다."

"그래도 경찰은 받나요?"

"그래. 그런데 경찰이 여기까지 오려면 한참인데……."

"그래도 경찰 오면 수습되겠죠. 숨어야겠어요."

그러자 이 선생은 갑자기 눈빛을 빛내며 동훈을 바라보았다.

"동훈아."

“네?”

“저것들이 왜 여기 왔다고 생각하니? 총질해서 사람까지 쏴 죽이면서.”

그 말에 동훈은 한숨을 쉬었다.

“기술 훔치러 온 거겠죠. 아니, 완전 강도질이지만…….”

“그냥 기술만 빼돌리는 거면 이럴 필요 없다. 저렇게 대놓고 나대는 건 노리는 게 있어서야. 그것도 현물로.”

“현물요?”

“그래. 너도 알겠지만 도면만 빠져나가도 물론 큰 타격이긴 하지. 그런데 그건 어느 정도 기술이 뒷받침돼야 해석도 가능하고 재현도 되는 거다. 복잡해지면 복잡해질수록 더.”

“그래서요?”

“그걸 메울 수 있는 게 현물이다. 요즘 무기들은 복잡한 게 많아서 정보나 도면만 가지고도 안 되고 현물만 가지고도 재현이 안 돼. 그게 모두 다 있어야 그나마 가능성이 있는 거야. 그래서 현물까지 노리고 저렇게 들어온 것 같다.”

“아니, 도대체 어떤 미친놈들이…… 북한인가요?”

“그건 모르지. 요즘 우리가 만들고 있는 신개념 무기들이 많은데 다른 나라에선 아직 꿈도 못 꾸는 것들이 좀 있거든. 미국 내부는 나도 잘 모르겠다만 그 외의 나라는 못 하고 있는 것들이야. 그러니 어디든지 가능은 해.”

“그건 알겠는데 이 정도면…… 이대로 전쟁 나는 건가요?”

“전쟁이 그렇게 쉽게 나냐? 확증이 있어도 쉽지 않은데 어디라는 증거를 안 남기면 어떻게 함부로 전쟁을 해?”

“정말 큰일이네요. 그럼 그중에 뭘 노리는 걸까요?”

“그거야 나도 모르지만…… 동훈아.”

“왜요?”

“지금 이대로면 우리 자식들이 위험해진다. 이곳의 무기들은 우리의 자식들, 아니…… 우리나라의 자식들이다. 절대 뺏길 수 없어.”

“군대, 아니 경찰 온다면서요?”

“그사이 뺏기면 이미 늦어. 지금 내가 아는 것만도 열 가지 이상, 절대 뺏기면 안 되는 것들이 있어. 완제품은 아니어도 중요 부분과 부품들이 창고에 많이 있다.”

“그 창고도 잠겨 있지 않나요?”

“보안장치도 다 꺼 버리고 총질까지 할 정도로 작정했잖아. 창고를 열 방법도 있는 게 분명해.”

“그런데 뭘 어쩌자고요.”

“어쩌자니, 우리라도 막아야 하지 않겠니?”

그 말에 동훈은 얼굴빛이 변했다.

“아니, 우리가 저놈들 상대로 싸운다고요? 뭘로요? 저 시험 탄 갖고요?”

그러자 이 선생은 역정을 냈다.

“이놈아, 끝까지 들어! 싸운다곤 안 했다. 저거 갖고 총하고 싸움이 되겠냐?”

“그럼요?”

“아직 총격전이 완전히 끝난 건 아냐. 그러니 그사이에 일단 중요한 물건은 우리가 먼저 빼돌리자는 거야.”

“총알 날아다니는데요?”

이 선생은 동훈이 입고 있는 슈트를 퉁 소리가 나게 한 번 손바닥으로 쳤다.

“너는 괜찮잖아. 이 슈트 튼튼해서 총알 따위엔 절대 안 뚫린다. 만든 내가 보장한다.”

“아무리 그래도 안 돼요! 이거 너무 둔해서 총알은 막아도 저놈들한테 잡힌다고요!”

“우리 자식들…….”

“아니, 어차피 경찰이건 군대건 알아서 찾아오겠죠! 자꾸 자식, 자식 하지 마요! 그냥 물건이잖아요! 그런 거에 왜 나 혼자 목숨을 걸어요?”

“너만 보내려는 거 아냐! 나도 간다!”

“선생님! 대체 왜 그래야 하냐고요? 왜 위험한 일을 사서 하세요? 그런다고 누가 알아줘요?”

“아무도 안 알아줘도 해야 하는 일이야!”

“아, 진짜! 뺏긴다고 그걸 다 들고 도망칠 수는 없잖아요?”

“방산 단지가 이렇게 털린다고도 아무도 짐작 못 했었지. 방산 기술은 일단 뺏기면 끝나는 거야!”

그러나 동훈은 무서웠다. 절대 저 밖으로는 나가고 싶지 않았다.

“죄송합니다. 전…… 전 정말 못 가겠어요!”

이 선생은 의외로 한숨만 한 번 쉬고는 조용히 말했다.

“알았다.”

그러면서 이 선생이 돌아서려 하자 동훈은 서둘러 슈트를 벗으려 하면서 말했다.

“선생님! 이거 벗어 드릴 테니 이거라도 입고 가세요!”

그러나 이 선생은 고개를 저었다.

“네가 벗는 데 최소 3분, 입는 데만 3분은 걸려. 그렇게 꾸물

거리면 그사이 다 털리고도 남는다. 서두르지 않으면 늦어!"

그리고 이 선생은 뒤도 돌아보지 않고 동훈만 남겨 두고 실험실을 빠져나갔다. 동훈은 멍하니 이 선생의 뒷모습만 바라보다가 곧 고개를 숙이고 혼자 중얼거렸다.

"차라리 잘된 거야. 월급도 쥐꼬리만 하고 만날 야근 철야에 위험수당도 몇 푼 안 주면서 위험하기는 또 엄청 위험한 이딴 일, 이 기회에 관둔다! 때려치운다!"

동훈은 작게 중얼거리기 시작했으나 점차 감정이 격앙되어 목소리가 커졌다. 그리고 급기야 미친 것처럼 외치기 시작했다.

"그리고 이 선생님! 아니, 이 선생! 이제 당신 같은 꼴통 안 보게 돼 속이 다 시원하네! 그간 부려 먹으면서 나를 얼마나 갈궜냐? 나 엄청 쌓였다고! 아예 나가서 죽어! 콱 뒈져 버리라고, 이 영감탱이야!"

어느새 동훈은 고함을 치면서 자신도 모르는 사이 눈물을 흘리고 있었다. 분명히 이 선생은 꼴통이고 시대의 철 지난 유물이었으며 동훈을 무던히도 고생시키고 온갖 욕을 퍼부어 대던 노땅이었다. 하지만 그런 그의 뒷모습을 바라만 보고 있었다는 자책감이 점점 커지며 동훈의 가슴을 무겁게 짓눌러 왔다. 감정도 같이 짓눌린 듯 처음에는 분명 속 시원한 기분이었는데도 자꾸만 눈물이 나왔다.

동훈은 몇 번이나 몸을 멈칫멈칫 고장 난 기계처럼 주춤거리며 움직이다가 이내 다시 무거운 헬멧을 뒤집어썼다. 그리고 나가려다가 급히 돌아서서 뒤뚱거리며 드론용 모듈탄 상자를 애써 옆구리에 낀 채 이 선생의 뒤를 따라갔다. 쓸모는 없고 방해만 될 물건이었지만 차마 이 선생의 '자식'을 그냥 버리고 갈 수 없어서였다.

"곧 밀어붙일 수 있겠습니다. 몇 안 남았어요."

기태가 미스터 정에게 말했다. 그러나 미스터 정은 도리어 고개를 저었다.

"딱총이나 든 놈들 상대로 왜 이리 오래 끄는 거야? 옌볜까지 풀었는데도 답답해서 원."

"옌볜은 몇 발 쏘더니 총 닦고 있어요."

"아, 그 꼴통 새끼……."

"그리고 의외로 저항이 치열합니다. 어지간하면 그냥 튈 만도 한데 끝까지 버티네요, 바보들이. 몇 푼이나 받는다고."

미스터 정은 기태의 머리를 한 대 툭 치면서 말했다.

"인마, 그건 바보가 아니라 괜찮은 놈들이라고 하는 거야.

돈 때문이 아니라 곤조(근성)가 있어서 버틴 거잖아.”

“그……런가요?”

“물론 저쪽 입장에선 말이지. 우리 쪽에선 귀찮은 것들일 뿐
이니 싹 쓸어버리자고!”

그러다가 미스터 정은 잠시 생각한 다음 말했다.

“옌벤 그 새끼, 아무래도 돈 달라는 것 같다. 두당 백만, 아
니 이백만씩 더 쳐준다고 해. 싹 다 쓸어버리라고.”

“네, 네. 경비원 놈들 바보같이 옌벤한테 다 죽겠군요.”

기태가 무전기로 다시 명령을 전달하자 미스터 정은 뒤에
서 혼자 중얼댔다.

“그래도 바보는 아니라고, 바보는.”

그러면서 미스터 정은 휴대폰을 꺼내 번호 하나를 똑똑 눌
렀다. 벨이 울리자마자 상대는 급하게 전화를 받았다. 내통자
였다.

[잘……되고 있는 거요? 총알이 빗발치고…….]

내통자는 덜덜 떠는 것 같았지만 미스터 정은 경쾌하게 말
했다.

“곧 간다. 문 열 준비해 둬. 아니, 이미 열어 뒀나?”

[기다리고 있소. 약속한 건 줘야 열어 줄 거요.]

“그래? 뭐, 알았어. 보수는 틀림없이 준다. 그걸로 다른 나라 가서 잘 먹고 잘살아.”

[말 안 해도 그렇게 할 거요.]

미스터 정은 전화를 끊고는 중얼거렸다.

“바보는 이런 놈이 진짜 바보지.”

이윽고 그는 주변에 남아 대기하던 기태에게 말했다.

“옌볜 풀었으니 슬슬 정리될 거다. 차 끌고 오라고 해.”

“해커들 든 트레일러는요? 그것도 끌고 올까요?”

“창고 근처까진 끌고 와야지. 그래야 계획대로잖아.”

“그런가요?”

미스터 정은 비열하게 웃었다.

“그래. 그게 창고 앞에서 불탄 잔해로 발견돼야 그것들이 덮어쓰게 되잖아. 총도 가지고 있고. 기름 뿌리고 태우는 거 잊지 않았지? 그담에 티엔티(TNT, 폭약의 일종)로 박살 내고. 절대 살아 있으면 안 되니까.”

“아…… 네…….”

“그리고 자리 뜨면서 우리 썼던 총들도 그 근처에 대강 뿌려 두는 것 잊지 말고.”

“굳이 그렇게까지 안 해도 윗분들이 알아서…….”

기태가 조금 끔찍하다는 듯 중얼거리자 미스터 정은 다시 한번 아까보다 더 크게 히죽 웃었다.

"아, 할 수 있는 건 다 하는 게 아랫사람으로서의 도리잖아. 핑곗거리 정도는 만들어 드려야지, 안 그래?"

"움직여요!"

토끼928이 외쳤다.

아닌 게 아니라 트레일러는 분명 출발해 움직이고 있었다. 그러자 총을 들고 있던 각시탈이 말했다.

"그거 보라고. 다시 움직이잖아. 이제 다 된 거겠지."

"그러면 왜 전원은 안 넣어 줘?"

"그거야……."

그때 묵묵히 있던 영이 각시탈을 향해 입을 열었다.

"그러지 말고 우리 타협 좀 합시다."

"무슨 타협?"

"당신 말대로 신고는 안 할 겁니다. 그러나 최소한 여기 이 분이 휴대폰 해킹은 시도해 볼 수 있게 해 주시죠."

"그걸 왜 해야 하는데?"

"당신도 이게 도박이란 건 알잖습니까. 당신 말이 맞을 수도 있지만 우리가 위험할 수도 있습니다. 그러니 하는 데까지는 뭐라도 해 본다고 나쁠 건 없잖습니까?”

그러자 각시탈이 웃었다.

“휴대폰 해킹해서 구해 달라고 한다고 누가 올 것 같아? 니들 말대로 총알이 왔다 갔다 하는데 어느 미친놈이 그걸 뚫고 여길 오냐고!”

“또 모르는 거잖습니까. 그냥 아무것도 안 하고 있는 것보다는 나을 거라 생각합니다.”

“그러면서 은근슬쩍 신고하면?”

“당신도 해커 같은데 그 정도도 못 알아볼 것 같진 않군요. 더구나 총도 당신에게 있고.”

“헛짓거리야!”

“설령 헛짓거리라도 아무것도 안 하는 것보다는 낫죠. 이렇게 가만히 있는 게 더 견디기 힘들 것 같지 않습니까?”

영이 끈질기게 차분한 목소리로 설득하자 각시탈도 조금은 마음이 흔들리는 것 같았다.

“정말 신고 안 할 거지?”

토끼928이 히스테릭하게 외쳤다.

“이젠 해도 늦어! 아니, 소용없어!”

"무슨 소리죠?"

영이 되묻자 토끼928은 그냥 고개를 돌려 버렸다.

그러자 각시탈은 뭔가 눈치를 챘는지 총을 겨누며 말했다.

"너…… 혹시?"

"뭐야, 내가 뭘?"

"너, 아까 해킹하면서 벌써 신고했던 거 아냐?"

토끼928이 멈칫했다. 대답은 하지 않았지만 자신의 말이 맞다는 것을 부자연스러운 동작으로 단번에 눈치챈 각시탈은 화를 내며 총구를 들어 올리려 했다.

"너……! 이 쌍년이……!"

그때 영이 재빨리 끼어들어 오른손으로 각시탈의 권총을 잡았다. 각시탈은 놀라 엉겁결에 방아쇠를 당겨 버렸지만 탄은 나가지 않았다. 그 권총은 슬라이더형 자동 권총이었기에 영이 슬라이더를 꽉 잡자 손가락 힘만으로는 슬라이더를 젖힐 수 없어 탄이 발사되지 않은 것이다.

그사이 영은 왼 주먹을 꽉 쥐어서 각시탈의 얼굴을 후려쳤다. 호되게 얻어맞은 각시탈은 그만 영의 완력을 이기지 못하고 권총을 놓치고 말았다. 그래도 다시 달려들려 했으나 영은 그의 멱살을 잡아 가볍게 옆으로 메쳐 버렸다. 각시탈은 단박에 제압돼 바닥에 뻗어 버리고 말았다.

그것을 보고 토끼928이 놀란 듯 말했다.

"잘하시네?"

"아뇨. 엉겁결에……."

"유도예요?"

"아뇨. 그냥 잡탕 막싸움입니다."

"발목에 배터리 매달고 다닌 게 효과 있나 봐요?"

"이럴 시간 없습니다."

영은 각시탈의 몸을 밀쳐 내며 권총으로 그를 겨눴다. 그의 권총 자세는 잘 모르는 토끼928이 보기에도 어딘가 엉성했던 그녀 자신이나 각시탈과 달리 퍽 안정된 자세 같아 보였다. 영은 한마디 덧붙였다.

"아까 신고하신 거 정말인가요?"

"네. 보안장치에 바이러스 넣기 전에 비상벨 먼저 건드리고 했거든요."

그러다가 토끼928은 울분을 터뜨렸다.

"근데 반응이 없어요! 이런 데면 벌써 군인이건 경찰이건 다 몰려와야 하는데 지금 아무도 안 오는 것 같잖아요!"

그 말에 영은 한숨을 쉬다가 문득 말했다.

"당신은 나쁜 분은 아니군요."

"아뇨, 나쁜 년이죠. 돈 받으려고 남의 회사 망하게 해 주겠다고 나섰으니 충분히 나쁜 년 맞아요."

"그래도 선은 안 넘으셨어요."

"그냥 돈이나 처버는 회사인 줄 알았지, 상대가 방산 기업일 줄은 정말 몰랐다고요. 내 닉이 왜 토끼928인지 아세요?"

"모르죠."

"토끼는 그냥 붙인 거고, 9월 28일 하면 뭐가 떠오르세요?"

"별로…… 아, 그러고 보니 6·25전쟁 때 서울 수복된 날이……."

그러자 토끼928은 고개를 숙였다.

"우리 할아버지가 그때 수복 작전을 하다가 돌아가셨다고 해요. 물론 얼굴도 못 뵌 분이지만…… 갑자기 그 생각이 나서……. 아무튼 내가 나쁜 년일지는 몰라도 나라 팔아먹을 인간은 아니에요."

영은 고개를 끄덕이다가 이내 다시 긴박한 목소리로 말했다.

"그런데 시간이 없습니다. 어서 시도라도 해 보세요."

그때 쓰러졌던 각시탈이 신음을 울리며 중얼거렸다.

"그거…… 그거 넌 못 해. 넌 해킹 전문이지, 전기 장비는 잘 모르잖아……."

"넌 좀 닥쳐."

"어차피 안 된다고! 너 왜 저 기자 놈 말을 믿는 거야? 저놈이야말로 수상한데!"

"이걸 그냥 확!"

토끼928은 성질을 부렸지만 영은 차분하게 말했다.

"무시하시고 시도하세요."

각시탈이 빈정거렸다.

"흥! 나하고 토끼는 그래도 저들이 봐줄 희망이라도 있어. 그러나 넌 확실히 죽은 목숨이잖아. 그래서 무리하는 거지?"

그러면서 각시탈은 다시 토끼928에게 말했다.

"저놈이 널 끌고 들어가려는 거라고! 괜한 짓 하지 마! 이러다 미스터 정이 돈 들고 와서 살려 주려다가도 화나겠다! 이딴 놈 때문에 미스터 정을 그렇게 화나게 만들고 싶어? 그렇게 죽고 싶어 안달 난 거야? 기자 놈이 자기 살려고 목소리 좀 깔고 오냐오냐해 주니 반하기라도 한 거냐?"

토끼928은 조금 마음이 흔들리는지 영과 각시탈을 번갈아 돌아보았다. 그러자 영이 표정을 굳혔다.

"그만하십시오."

"네가 뭔데? 더 할 거다!"

이제는 영도 슬슬 화가 나는 것 같았다.

"경고했습니다."

"경고? 그래서 어쩔 건데? 쏠 거냐?"

그때 순간적으로 영의 안색이 변했다. 마치 다른 사람이 된 것처럼 영의 얼굴이 무섭게 일그러졌다. 그리고 악을 쓰듯 고함을 질렀다.

"말로 하면 좀 들으라고! 새끼야!"

외치면서 영은 발로 각시탈을 무자비하게 걸어찼다. 너무 순식간이라 반응할 시간조차 없었다. 이어서 그는 권총 손잡이를 숙달된 동작으로 뒤집어 쥐고 각시탈을 후려갈겼다. 그리고 각시탈의 덜미를 잡아 얼굴을 바짝 들이밀며 외쳤다.

"닥치고 조용히 좀 해! 응?"

영은 각시탈을 물건처럼 던져 버렸다. 그리고도 도저히 분을 못 이기겠다는 듯 한동안 씩씩거렸다. 어느 정도 진정한 뒤에 그는 조금 안 좋은 표정으로 토끼928을 돌아보며 말했다.

"아, 좀 화가 나서……."

토끼928은 돌변한 영의 모습에 본능적인 두려움을 느꼈다.

"이해……해요! 잘하셨어요!"

"하던 거 계속하세요."

"네? 아, 네!"

토끼928은 긴장한 듯 눈에 띄게 더 서둘렀다. 그녀의 손은 덜덜 떨면서도 거의 기계적으로 장치의 패널을 뜯어내고 날렵하게 배터리와 장치를 연결했다.

미스터 정 측에서는 결국 옌벤이 선두로 나섰다. 구형 드라구노프 소총을 손에 꽉 쥔 그는 기태로부터 보너스 이야기를 듣자 흡족한 듯 누런 이를 드러냈다. 옌벤은 이미 꽤 많은 돈을 가졌음이 분명한데도 항상 거지꼴이었다. 옷차림 때문만이 아니라 잘 씻지도 않아서 더 그랬다. 그는 말을 거의 하지 않았다. 강한 함경도 사투리의 어조는 있었으나 애초에 말 자체를 많이 하지 않아 어디 출신인지를 짐작할 수 없었다.

그러나 옌벤의 싸움 솜씨와 사격 실력은 진짜였다. UDT 출신인 기태도, 미스터 정도, 그의 실력만큼은 인정하고 있었다. 체격은 왜소한 편이라 육탄전에서 기태가 지지는 않을 것이지만 적어도 사격에 대해서는 기태조차도 한 수 접고 들어갔다. 다만 지나치게 잔인한 데가 있어서 미스터 정도 옌벤을 그렇게 대놓고 쓰지는 않았다.

사실 기태는 물론 미스터 정조차도 그가 연변에서 왔다는 것 외에 정확히 아는 것은 없었다. 그러나 몇 가지 짐작 가는 바는 있었다. 그냥 연변에서 살았다기엔 그의 솜씨가 너무도 뛰어났다. 기태는 아마도 그가 북한의 특수부대 출신이고 모종의 이유로 탈북했다가 우리나라로 흘러 들어온 것이라 짐작하고 있었다. 미스터 정도 그 짐작이 맞을 것이라 생각했다.

옌볜은 다른 총도 잘 쐈지만 항상 '드라구노바'를 달라고 했다. 드라구노프의 러시아식 정식 명칭은 '스나이페르스카야 빈토브카 드라구노바(Snayperskaya Vintovka Dragunova)'였는데 그는 이 긴 이름을 다 읊으면서 그중에서도 특히 총기 몸체가 나무로 제작된 구형 원본을 달라고 중얼거리곤 했다. 그가 찾는 구형 원본 드라구노프 소총은 찾기 어려웠다. 제식으로는 러시아조차도 사용 빈도가 줄고 있으며 핀란드 정도를 제외하면 사용하는 국가도 거의 없었다.

매체나 게임에서는 유명한 총이지만 그렇게 총이 흔하다는 미국에서조차 실제 드라구노프는 거의 찾기 어려웠다. 북한조차도 78식 저격 보총(1978년 북한에서 개발한 저격 총)을 쓰지, 구형 원본 드라구노프는 쓰지 않았다. 간혹 쓰이는 경우도 주로 나무 몸체를 금속이나 수지로 개조하고 조준경을 바꾼 신 버전들인지라, 구형 원본 드라구노프는 찾는 것 자체가 힘들었다. 조준경도 기본 PSO-1이라 4배율일 뿐이니 시대에 맞지 않았다.

그러나 옌벤은 염불하듯 계속 이 총을 달라고 했고 미스터 정은 결국 그것을 구해서 상황을 보다가 이번에 내준 것이다. 이번이야말로 그를 써먹을 최적이자 다시는 없을 순간이니 아낄 것이 없었다.

옌벤이 기태에게 말했다.

"총검(銃劍, 소총에 꽂아 쓰는 칼) 하나 달라."

"총검?"

"없네?"

기태는 고개를 갸우뚱하며 되물었다.

"그거 저격 총이잖아. 총검은 왜……?"

"있으면 날래 달라."

물론 필수 장비는 아니었지만 나이프는 당연히 지니고 있었기에 기태는 자신의 나이프를 내밀었다. 그러자 옌벤이 쯧 탄식했다.

"미제는 안 맞아이 못 쓴다."

"대강 해, 인마."

그러자 옌벤은 내키지 않는 듯 나이프를 받아 들고 그것을 억지로 저격 총구에 끼우려 했다. 그러나 좀 맞지 않아서 약간 헐렁한 느낌이었고 옌벤은 그것이 만족스럽지 않은 것 같았다. 옆에서 보던 부하 하나가 말했다.

"저격 총인데도 총검이 달리네?"

그러자 옌벤이 자랑스러운 듯 말했다.

"련사(연사)도 된다."

그때 기태가 다그쳤다.

"이럴 틈 없어. 어서 가라, 아니, 날래 가라우."

옌벤은 할 수 없다는 듯 급한 대로 테이프로 총검을 칭칭 감아 대강 고정했다. 그러더니 예상과 달리 저격할 생각은 하지 않고 마치 들짐승처럼 몸을 날려 달리기 시작했다.

기태도 이런 모습은 처음 보는 것이라 적지 않게 놀랐다. 그는 옌벤을 보통의 저격수인 것으로만 생각했다. 그러나 옌벤은 저격 총을 들고도 마치 중세 시대 전사처럼 무모하다 싶을 정도로 돌진했다.

그의 활약은 놀라웠다. 애초에 옌벤은 피하는 것이나 은폐, 엄폐 따위는 안중에도 없는 것 같았다. 적진으로 마구 들어가며 드라구노프 총을 연사로 갈겨 대다가 또 순식간에 몸을 돌리며 저만치에 있던 상대를 반저격으로 쓰러뜨렸다. 일반 저격수만큼 정확한 사격은 아니었지만 조준이나 응사가 빨랐다. 일반 저격 훈련은 대다수 정확도를 생명으로 했다. 인질에게 맞지 않게, 또 경우에 따라서는 죽이지 않고 무력화시켜 상대를 쓰러뜨리도록 초정밀 사격을 목표로 했다.

그러나 옌벤의 저격 능력은 그게 아니었다. 광전사처럼 마구 돌진하며 무조건 다 쓸어버리는 미친 전투 방식이었다. 옌벤은 열 발의 탄창을 두 번이나 순식간에 다 썼고 남은 탄이 없음에도 그대로 경비원들의 저지선으로 뛰어들어 총구 앞에 헐겁게 단 총검으로 한 명을 그어 쓰러뜨린 뒤 또 다른 한 명을 무자비하게 찔러 죽였다. 그 시신에서 총검을 빼지도 않은 채 탄창을 갈아 끼우더니 경비원의 몸에 대고 한 발을 발사해 몸을 상당 부분을 터뜨려 버렸다. 그리고 나서야 총을 도로 빼 들었다. 잘 고정되지 않은 총검은 너덜거리며 간신히 끌려 나왔다. 사실 옌벤은 총검을 쉽게 빼려고 경비원의 시체에 총질을 한 것이었다. 그 옆에는 살아남은 두 명의 경비원이 있었는데 그들은 너무도 놀라고 겁에 질려 총까지 떨어뜨리고 말았다.

그런 그들을 보고 옌벤이 웃으며 말했다.

"꺼지라."

그 말에 두 명의 경비원은 기겁하며 등을 돌려 달아나기 시작했으나 몇 발자국 가지 못했다. 그사이 탄창을 갈아 끼운 옌벤이 조금도 주저하지 않고 두 사람을 등 뒤에서 쏘아 그대로 죽여 버린 것이다. 옌벤은 이제 피에 젖어 너덜거리는 총검을 왼손에 쥐고 오른손만으로 무거운 드라구노프 총을 휘둘러 발사하며 악귀처럼 달려 나갔다. 그러면서도 그는 오히려 씩 웃는 모습까지도 보였다.

그 광경을 멀리서 지켜본 기태는 한숨을 쉬며 인상을 찌푸렸다.

"저거…… 완전 짐승이네. 진짜 위험한 놈이야."

옌벤이 나서기 시작하자 버티고 있던 경비 인력들은 무참히 쓸려 나갔다. 아무리 훈련했어도 실전까지 겪어 보지 않은 경비 인력들은 사람을 직접 쏴 본 적이 없었다. 대응 사격은 하더라도 막상 사람을, 그것도 코앞에 뛰어든 누군가를 쏘아야 한다는 것에 심리적 장애가 걸렸다. 이런 망설임이 간발의 차이라고 할지라도 더디게 되는 요인으로 작용했다. 또 급히 사격했더라도 평정심을 유지한 채가 아니라 흔들리는 마음 상태로 놀라 사격하는 것이므로 조준이 흐트러지기 일쑤였다.

옌벤은 이 모든 것을 짐작한 것처럼 몸소 뛰어 들어가 그 기세로 경비원들의 사기를 꺾어 버린 것이다.

옌벤이 죽인 경비원은 다섯 명이나 됐기에 저지선은 순식간에 뚫려 버렸다. 남은 경비원들도 급히 도망치기 시작했다. 더 이상은 버틸 수 없었다. 그리 오랜 시간이 지난 것도 아니라서 그때까지도 자동 방어 장치 및 맹견 로봇 등은 하나도 작동되지 않고 있었다.

단숨에 대현방산기술연구단지가 점령당한 것이다. 그리고 동훈과 희수와 영의 운명도, 바로 이 순간 돌아올 수 없는 지점을 지나게 된 셈이었다…….

＊

"야, 무슨 생각들이야? 움직여야 하지 않아?"

영의 외침에 동훈과 희수는 퍼뜩 정신을 차렸다. 누가 먼저랄 것도 없이 그들은 과거 회상에 빠져 있었다. 사실 셋 다 비슷한 기억을 떠올렸지만 누구도 그에 대해서는 입을 열지 않았기에 같은 생각을 했다는 것은 알지 못했다.

그 밤으로부터 몇 개월 뒤 피엠이라 불리게 된 세 사람은
다시 다음 타깃을 향해 움직이기 시작했다.

—2권에서 계속

파이로매니악 ①

초판 1쇄 인쇄	2026년 4월 8일
초판 1쇄 발행	2026년 4월 22일

지은이	이우혁

책임편집	곽수빈
편집진행	북케어(김혜인, 전하연)
디자인	studio forb
본문 조판	정유정, 김진경
책임마케팅	최혜령, 박지수, 도우리, 양지환, 송지은, 박주미
마케팅	콘텐츠 IP 사업본부
해외사업	한승빈, 박고은
전자책	김주리
경영지원	백선희, 권영환, 이기경, 최민선, 강아현
제작	제이오

펴낸이	서현동
펴낸곳	㈜오팬하우스
출판등록	2024년 5월 16일 제2024-000141호
주소	서울특별시 강남구 테헤란로 419, 11층 (삼성동, 강남파이낸스플라자)
이메일	info@ofh.co.kr

ⓒ 이우혁

ISBN 979-11-7577-265-6 03810